ANGELIKA SCHAEUFFELEN
LULUS MISSION

Über die Autorin:

Angelika Schaeuffelen, Jahrgang 1962, lebt in Eppstein im Taunus. Als selbständige Rechtsanwältin und Mediatorin unterstützt sie Menschen und Unternehmen bei Konfliktlösungen. Ihre Lust am Schreiben verwirklichte sie zunächst in juristischen Fachartikeln und Fachbüchern, später zusammen mit ihrem Schweizer Mediationskollegen, Herrn Hanspeter Lanz in einem Konfliktratgeber für den Berufsalltag (FAZ-Verlag). Mit ihrer Erzählung „Lulus Mission“ liegt es ihr nun am Herzen, anderen Menschen auf leichte und inspirierende Weise Denkanstöße zu einer wesentlichen Lebensfrage zu geben: Bin ich mir selbst treu?

ANGELIKA SCHAEUFFELEN

LULUS MISSION

Eine Geschichte innerer Heimkehr

Erstveröffentlichung
Frankfurt am Main 2018

Wiesenstraße 38, 65817 Eppstein

ISBN 9781983369896

Kontakt: angelika@schaeuffelen.de

Covergestaltung und -konzept: Martina Sauer, *martina-sauer.eu*
Coverbild: Wolfgang Weinschenk

Meinen Kindern

Moritz und Andrea

1

Lulu macht sich langsam Sorgen.

Es ist einige Monate her, dass sie hier gelandet ist und was sie bisher erlebt hat, verwirrt sie zunehmend. Zunächst erschien ihr dieser Ort durchaus aufregend angesichts der zahlreichen Möglichkeiten, die sich die Menschen hier geschaffen haben. Aber immer deutlicher merkt sie, dass dabei etwas ganz und gar nicht stimmt.

Lulu sieht es an den ernsten, angespannten Gesichtern, die etwas Gehetztes widerspiegeln. Wie von Geisterhand geführt eilen die Menschen durch die Straßen, ohne dass sich für Lulu erschließt, für wen oder was sie so herumhetzen und welch so wichtige Aufgabe sie in aller Welt hier zu erledigen haben.

Dabei sind die meisten Menschen durchaus freundlich zu Lulu. Sie hat sogar schon einige Freunde gewonnen, was nicht verwunderlich ist, denn Lulu zieht fast jeden, den sie trifft, in ihren Bann. Wenn sie lächelt, schimmert ihr eines Auge grün und ihr anderes türkis. Doch sieht man das - abgelenkt von ihren fröhlich tanzenden roten Locken und ihrem reichlich großen Mund - erst auf den zweiten Blick. Meist trägt Lulu einen knallorangenen kurzen Mantel mit aufgesetzten Taschen, ein Blickfang, da er nicht gerade mit ihren roten Haaren harmoniert. Aber das kümmert Lulu herzlich wenig.

Lulu taucht mal da und mal dort auf und bleibt selten länger an einem Ort. Keiner weiß, wo sie herkommt. Angesichts ihres gütigen Wesens, gepaart mit einem ungewöhnlich tiefen Blick in die Seele der Menschen, haben diese manchmal das Gefühl, Lulu sei nicht von dieser Welt. Deswegen hört man häufig „unsere kleine Fee", wenn von Lulu geredet wird.

Doch das wirklich Besondere an Lulu ist etwas, was die einen anzieht, die anderen dagegen eher das Weite suchen lässt, wenn sie Lulu begegnen: Lulu blickt hinter die Fassade der Menschen und spricht direkt und unverblümt aus, was sie im Innern ihres Gegenübers fühlt. Deshalb sieht man nicht selten Leute um die Ecke huschen, wenn Lulu erscheint. Denn wer hat schon immer Lust, sich in die Seele schauen zu lassen und sich ungemütlichen Fragen zu stellen.

Wenn Neugierige von ihr wissen möchten, wo sie zu Hause ist, hat sie stets eine ausweichende Antwort auf Lager und lenkt schnell und geschickt das Gespräch in eine andere Richtung.

Selbst Pedro, mit dem Lulu am häufigsten ihre Zeit verbringt, hat bis heute nichts über Lulus Herkunft herausgefunden. Irgendwann hat er aufgehört, sie mit Fragen zu bedrängen, weil er instinktiv spürt, dass er Lulu damit womöglich vertreibt. Und das will er auf keinen Fall, denn Pedro ist ein Freigeist und liebt es, sich mit

Lulu auszutauschen. Niemals ist ihm jemand begegnet, der so unbedarft und unvoreingenommen schlaue Fragen stellt.

Pedro ist ein Bücherwurm. Die ohnehin schon kleinen Zimmer seines winzigen, aber äußerst behaglichen Häuschens direkt am Rande des Parks sind entsprechend vollgestopft mit philosophischen Abhandlungen, Märchen, Romanen, Krimis und Abenteuergeschichten.

Auch Lulu liebt Bücher und so sieht man die beiden oft in dem kleinen, etwas verwilderten Gärtchen vor Pedros Haus sitzend, sich gegenseitig vorlesend oder über die Welt und die Menschen philosophierend – jedenfalls am Wochenende. Unter der Woche bleibt dafür wenig Zeit, denn Pedro arbeitet als Programmierer in einer großen Computerfirma, ein Job, der gar nicht so richtig zu ihm passt, findet Lulu.

Die allgemeine Rastlosigkeit der Menschen macht auch vor den Kindern nicht halt. Meist kommen diese erst nachmittags aus der Schule. Dann hetzen sie direkt zum Sporttraining, Musikunterricht oder Nachhilfe. Deshalb gelingt es Lulu nur selten, mit ihnen zusammen ihrer Lieblingsbeschäftigung nachzugehen, nämlich ziellos und zeitlos durch die Gegend zu streifen.

Spricht Lulu die Menschen darauf an, warum sie es bei allem, was sie tun, so furchtbar eilig haben, sind diese nicht einmal erstaunt. Sie wissen sogar genau, was Lulu meint. Dann nicken sie wissend mit dem Kopf, lächeln etwas müde und sagen mit einem Gesichtsausdruck, den Lulu nicht deuten kann, dass sie nun mal tausend wichtige Dinge zu erledigen hätten und dass diese Tätigkeiten durchaus erfüllend seien. Lulu brauche sich wirklich nicht um sie zu sorgen.

Doch für Lulu scheint es, als plätschere das Leben so für die Menschen dahin. Sie sind - gefangen in dem, was sie stets meinen, erledigen zu müssen - weder glücklich noch unglücklich. Immerhin gönnen sie sich ab und zu etwas Schönes für ihre Sinne, mal einen Saunaabend, einen Besuch im Theater oder Kino oder ein paar Stunden Lesen bei angenehmer Musik. Lulu spürt, wie wohltuend dies für die Menschen ist.

Doch eines Abends, nach einem Klavierkonzert, welches die Zuhörer tief berührte, geschieht etwas Sonderbares.

Wie Lulu spazieren die Leute, noch von der Musik beseelt, zu dem großen Parkplatz vor der Konzerthalle.

Lulu will sich gerade auf ihr Fahrrad schwingen, als sie erstarrt. Ohne ersichtlichen Grund ändern die Konzertbesucher - eben noch zu ihren Autos unterwegs - ihren ursprünglich eingeschlagenen Weg und eilen, wie von unsichtbarer Hand gezogen, alle in dieselbe Richtung.

Es ist, als gäbe es da einen Magneten, der die Menschen unwiderstehlich anzieht. Diejenigen, die ihr Auto gestartet hatten, nehmen sich nicht mal Zeit, den Motor wieder abzustellen, sondern steigen direkt aus und reihen sich in den Menschenstrom ein. Das Ganze geschieht in einem militärischen Gleichschritt, der Lulu einen Schauer über den Rücken jagt.

Zutiefst erschrocken widersteht Lulu nur mit Mühe dem Drang, ebenfalls ihren Blick in die Richtung zu wenden, in die alle so gebannt marschieren. Sie ahnt, dass sie ansonsten ebenso diesem merkwürdigen Sog erliegen würde.

Voll damit beschäftigt, ihr Fahrrad durch die einzig freie Lücke Richtung Ausfahrt zu lavieren, übersieht Lulu das von rechts kommende Auto Pedros. Dieser, selbst abgelenkt von dem Chaos auf dem Parkplatz, erblickt Lulu erst in letzter Sekunde. Er reißt das Lenkrad herum, verpasst Lulu nur um Haaresbreite und prallt gegen einen Parkpfosten. Durch den Aufprall schlägt er mit dem Kopf gegen die Windschutzscheibe. Als er verwirrt aufschaut, folgt sein Blick automatisch den Menschenmassen. Ehe Lulu irgendetwas unternehmen kann, steigt Pedro aus seinem Wagen und reiht sich im Gleichschritt in den Menschenzug ein. Das verzweifelte Rufen von Lulu scheint er überhaupt nicht zu hören.

Lulu ahnt, dass sie Pedro nicht helfen kann, ohne auch in den Sog zu geraten. Schweren Herzens verlässt sie den Parkplatz.

Doch dort draußen wird es nicht besser. Die ganze Stadt hat sich in Bewegung gesetzt. Und es erscheint Lulu, als wäre sie die Einzige, die vor diesem Sog flüchtet.

Dem Menschenstrom entkommen, fährt sie durch leergefegte Straßen und fühlt sich plötzlich einsam. Traurig setzt sie sich an den Straßenrand und schaut die verlassene, dunkle Gasse entlang. Ob sie doch den Menschen hinterherlaufen sollte, um zu sehen, was sie so anzieht?

Noch während Lulu diesem Gedanken nachhängt, überfällt sie tiefe Müdigkeit und sie schließt erschöpft die Augen. Kurz vor dem Eindämmern, im Zustand zwischen Wachen und Schlafen, fühlt Lulu sich plötzlich mit einem mächtigen Sog in einer Spirale nach oben gezogen. Dies geschieht in so rasender Geschwindigkeit, dass sie das Bewusstsein verliert.

2

Als Lulu zu sich kommt, findet sie sich in einem riesengroßen, hellen Raum wieder. Sie hat das Gefühl, tagelang geschlafen zu haben, so erholt und energiegeladen fühlt sie sich.

Gebannt schaut sich Lulu um und reißt überrascht die Augen auf: Tausende kleine, spielende Kinder tummeln sich um sie herum.

Nicht weit von ihr, inmitten der Kinder, entdeckt sie einen Mann, der eine enorme Wärme und Freundlichkeit ausstrahlt. Lulu fühlt sich sofort zu ihm hingezogen.

Der Mann bahnt sich einen Weg zwischen den ausgelassenen Kindern hindurch. Dabei wendet er sich jedem Kind, an dem er vorbei kommt, mit einem freundlichen Wort, einem Kuss, einem Streicheln über die Wange und warmherzigen Lächeln liebevoll zu.

Lulu beobachtet ihn dabei genau. Sie schmunzelt, als sich ein kleines Mädchen in seinem vollen, zu einem Pferdeschwanz gebundenen weißen Haar festkrallt.

Auf diesen Armen kann er bestimmt einen Haufen Kinder auf einmal tragen, denkt Lulu bei sich, als sie den kräftigen Oberkörper betrachtet.

Fast ist der Mann bei Lulu angekommen und da sieht sie auch sein Gesicht genauer. Die unzähligen Falten sprechen für ein beträchtliches Alter, doch die strahlenden, völlig ungetrübten Augen lassen das Gegenteil vermuten. Die Bewegungen des Mannes wirken jugendlich, seine Ausstrahlung gelassen.

Irgendwie zeitlos, sinniert Lulu vor sich hin.

„Hallo Lulu", wird sie von ihm begrüßt. Die warmherzige Stimme dringt sofort in Lulus offenes Herz und sie schaut in tiefblaue Augen. *Wie das Meer,* empfindet Lulu, als sie in seinen Blick eintaucht.

„Wer bist du?", fragt sie gespannt.

„Ich bin Custos, Hüter der verlorenen Kinder", gibt er Lulu freundlich Auskunft.

Lulu schaut verblüfft über die Kinderschar und Custos erklärt: „Ich wache solange über diese Kinder, bis sie wieder zurück nach Hause geholt werden."

„Wo ist denn ihr Zuhause?", fragt Lulu mit verwundertem Blick auf die zahlreichen kleinen Wesen, deren Alter Lulu auf drei bis fünf Jahre schätzt.

„Jedes einzelne Kind hier gehört zu einem ganz bestimmten Menschen. Dort ist eigentlich sein Zuhause. Aber es ist diesem Menschen verloren gegangen und dadurch völlig schutzlos geworden. Ich passe auf jedes Kind auf, bis es von seinem Menschen wieder abgeholt wird. Dazu müssen sich die Menschen allerdings endlich mal auf die Suche nach ihren verlorenen Kindern begeben."

Lulu ist erschüttert: „Das heißt, wenn die Menschen ihre Kinder nicht suchen, kommen auch die Kinder nie mehr nach Hause zurück?"

„Ja, genau so ist es, Lulu."

„Und was passiert dann mit diesen Kindern?“, fragt Lulu mit großen Augen. „Wie lange kannst du denn auf sie aufpassen?“

Custos schaut Lulu jetzt ernst an: „Ich passe auf sie auf, bis sie sterben.“

Nach kurzem Nachdenken schlussfolgert Lulu mit unbehaglichem Blick auf die Kinderschar: „Das bedeutet, die Kinder können sterben, ohne je wieder nach Hause gekommen zu sein?“

„So traurig es ist, Lulu, leider ja.“

„Aber du passt doch auf sie auf! Wieso sterben die Kinder trotzdem?“

„Sie sterben“, erklärt Custos, „wenn der zu ihnen gehörende Mensch stirbt. Das kann ich nicht verhindern. Ich kann nur so lange auf sie aufpassen, wie der Mensch selber am Leben ist.“ Und als er den erschrockenen Blick Lulus sieht, fährt er fort: „Ja, Lulu, das ist traurig. Deshalb versuche ich ja auch, die Menschen daran zu erinnern, dass es da noch ein Kind gibt, das sie vergessen haben.“

Lulu kann es nicht so recht fassen: „Heißt das, die Menschen haben ihre Kinder nicht nur verloren, sondern auch noch völlig vergessen? Aber warum?“

„Am Anfang waren die Menschen noch oft unglücklich und haben ihr Kind gesucht und vermisst. Aber dann sind sie immer tiefer in die Fänge von Ego Puppenspieler geraten. Und der hat dafür gesorgt, dass sie ihre Kinder endgültig aus dem Gedächtnis verlieren.“

Lulu schaut Custos etwas verständnislos an: „Und wie gelingt es diesem Ego… - wie?“

„Ego Puppenspieler. Du meinst, wie es ihm gelingt, dass die Menschen ihre Kinder vergessen? Er lenkt sie ab. Du hast ja auch schon gemerkt, dass die Menschen manchmal wie von Sinnen herumeilen und gar nicht zur Ruhe kommen.“

„Ja!“, ruft Lulu aus. „Das konnte ich noch nie verstehen! Da steckt also dieser Ego Puppenspieler dahinter?“

Custos nickt. „Ganz genau, er ist es, der die Menschen antreibt, immer noch mehr zu arbeiten, um noch mehr Erfolg und Geld einzuheimsen. Es gefällt ihm ganz und gar nicht, wenn sich die Menschen von Musik, Kunst und Theater inspirieren lassen. Und so treibt er ihnen dies mit allen Mitteln aus.“

„Aber wie schafft er das?“ Lulu schaut jetzt äußerst gebannt zu Custos, auf dessen Stirn zum ersten Mal Sorgenfalten aufgetaucht sind.

„Ego Puppenspieler zieht die Menschen immer öfter in SEIN Theater, in welchem ER seine Puppen tanzen lässt. In diesen Theaterstücken werden jene Puppen zu Helden, die erfolgreich sind und denen es durch viel harte Arbeit gelingt, Macht und Geld zu erringen. Ruhm, Macht und Geld machen die Puppenhelden glücklich, jedenfalls in den Geschichten des Puppenspielers. Seine Theaterstücke haben immer das gleiche Happy End: Stets stehen die fleißigen, gehorsamen Puppen besser da als die faulen oder herumträumenden, die in seinen Geschichten als wertlose Nichtsnutze die Welt nur belasten und gefährden.“

„Ach so!“, ruft Lulu aus. „Und die Menschen eifern dann den Helden nach und stürzen sich wieder in die Arbeit?“

„Genau, so ist es, Lulu. Doch das ist längst nicht alles. Ego Puppenspieler arbeitet noch mit viel perfideren Tricks. In seinem Theater fängt er seine Zuschauer quasi als lebende Puppen ein. Während er diese in den Bann seiner Geschichten zieht, wirft er gleichzeitig seine Fäden aus, die wie unmerkliche Tentakel seine nichtsahnenden Zuschauer einfangen. Die klebrigen Fäden docken direkt an den Menschen an und bleiben an ihnen hängen, auch wenn diese nach Hause gehen.“

„Ach, daher kommt der Name Ego Puppenspieler?“

Custos nickt anerkennend: „Ja, Lulu. Weil er die Menschen wie Puppen tanzen lässt. Sie sind zu seinen Marionetten geworden. Wenn sich zum Beispiel einer von ihnen, einer uralten Sehnsucht folgend, endlich mal entspannt und ein bisschen Ruhe gönnt, zupft Ego Puppenspieler kurz am Faden und sein Marionettchen schreckt auf und macht sich wieder an die Arbeit.“

Lulu runzelt die Stirn: „Aber die Menschen könnten sich doch auch wehren. Warum gehorchen sie immer gleich, wenn Ego-Puppenspieler an ihrem Faden zieht?“

„Tja, Lulu, da hat der Puppenspieler mehrere Methoden auf Lager, aber eine davon ist besonders tückisch: Er lässt über seine Fäden Schuldgefühle in die Menschen krabbeln. Sie sehen aus wie kleine schwarze Nagetiere und besetzen zunächst die Gedanken der Menschen. Dann denken die Menschen zum Beispiel: *Was sitze ich hier so faul herum. Ich habe doch noch so viel zu tun!* Oder: *Wie das Rosenbeet schon wieder aussieht. Ich muss unbedingt das Unkraut herausrupfen*! Und wenn sie diese Gedanken ignorieren – was schon nicht einfach ist – krabbeln die Nagetierchen in die Eingeweide der Menschen und fressen sich Stück für Stück immer tiefer hinein, werden dabei immer dicker, verursachen erhebliche Magenschmerzen und nehmen ihnen manchmal sogar die Luft zum Atmen. Wer dies öfter durchgemacht hat, hört schon bald auf den ersten Gedanken und springt lieber mal schnell auf, um das Unkraut zu rupfen."

„Das ist ja gruselig!" Lulu schaudert es bei der Vorstellung.

„Das ist es wirklich, Lulu", stimmt ihr Custos bei. „Von oben betrachtet sieht das Ganze wie ein riesengroßes Spinnennetz aus, in dem die Menschen hilflos zappeln. Und sie haben fast keine Chance, Ego Puppenspieler zu entkommen. Denn sobald sie anfangen, mal wieder ihrer Intuition zu folgen oder womöglich ihr Herz ein bisschen zu öffnen, zieht Ego Puppenspieler sie an seinen Fäden in sein Theater und treibt ihnen ihre Intuition oder Gefühlsduseleien, wie er es nennt, gründlich wieder aus."

Bei diesen Worten fällt Lulu der ganze Schrecken der Nacht nach dem Konzert auf dem Parkplatz wieder ein.

Custos, der sieht, was in Lulu vorgeht, bestätigt: „Ja, Lulu. Dies genau ist die Erklärung für dein Erlebnis nach dem Konzert."

„Aber warum macht dieser Ego Puppenspieler das denn alles?", ruft Lulu aus. „Warum lenkt er die Menschen so ab, dass sie nicht mehr an ihre Kinder denken?"

„Ego Puppenspieler liebt es einfach, Macht über die Menschen zu haben. Er genießt es, die Menschen nach seiner Pfeife tanzen zu lassen. Und genau diese Macht würde er verlieren, wenn die Menschen ihre Kinder wieder zu sich zurückholten."

Lulu schaut Custos etwas verständnislos an und so fährt dieser fort: „Weißt du Lulu, jedes Kind hier ist das ganz ursprüngliche, wilde und intuitive Wesen des Menschen, zu dem sie gehören. Ohne dieses Wesen sind die Menschen gar nicht komplett. Ihnen fehlt ein ganz wesentlicher Teil. Und wenn sich die Menschen endlich wieder mit ihrem hier gehütetem Kind, also ihrem ursprünglichen Wesen verbinden, gewinnen sie auch wieder ihre Lebendigkeit, Intuition und Kreativität zurück. Dann wissen sie selbst wieder, was sie wollen und haben keine Lust mehr, nach der Pfeife eines anderen zu tanzen. Und aus und vorbei ist es dann mit der Macht des Ego Puppenspieler."

„Und warum sind diese Wesen hier alle so klein? Warum sind es alles Kinder?"

„Weil die Menschen ihr wildes, ursprüngliches Wesen meist schon im Alter zwischen drei und fünf Jahren verlieren.“

Lulu lässt ihre Augen über die vielen Kinder schweifen. Ein kleiner Rotschopf bahnt sich den Weg in ihre Richtung.

Custos läuft der Kleinen entgegen, nimmt sie liebevoll auf den Arm und flüstert ihr etwas ins Ohr. Das Kind legt seine Händchen rechts und links auf Custos` Wangen und gibt ihm einen lauten Schmatz auf die Nasenspitze.

Bei Lulu angekommen, stellt Custos sie dem kleinen Rotschopf vor: „Das ist Lulu. Sie ist gerade bei uns zu Besuch.“

Das Kind strahlt eine ungeheure Kraft und Lebendigkeit aus. Lulu begrüßt die Kleine mit einem fröhlichen „Hallo“ und schaut dabei in zwei große grüne Katzenaugen, die vor Vergnügen nur so glitzern. Das Mädchen sieht Lulu ebenfalls direkt in die Augen und Lulu kann sich nicht mehr aus diesem Blick lösen.

„Das ist Veronika“, hört sie Custos sagen, als sie gleichzeitig das Gefühl hat, in die Augen der Kleinen hineingezogen zu werden. Wieder wird sie von einem gewaltigen Sog erfasst und in derselben rasenden Geschwindigkeit, in der Lulu zu Custos befördert worden war, landet sie nun auf einem Felsen am Rande eines Gartenlokals.

Etwas benommen schaut sie sich um. Die Umgebung ist idyllisch: sanfte Hügellandschaft, dahinter die Berge.

„So geht das einfach nicht, Veronika!“, hört Lulu plötzlich eine Frau mit strenger Stimme rufen. Sie wendet ihren Blick und reibt sich erstaunt die Augen, als sie den kleinen Rotschopf Veronika fröhlich um einen Tisch hüpfen sieht.

„Setz dich jetzt sofort hin!“, befiehlt die junge Frau energisch. Doch das Kind ist so mit sich und seinem Spiel beschäftigt, dass es die Worte scheinbar gar nicht wahrnimmt.

Gebannt folgt Lulu dem Geschehen.

Neben der Frau sitzt eine ältere Dame, deren Stirn sich in strenge Falten legt. Sie schaut die jüngere Frau missbilligend an. „Das kannst du dir nicht bieten lassen. Von mir hättest du schon längst eine gefangen, hättest du dich in diesem Alter so aufgeführt wie Veronika. Sie muss endlich mal Grenzen gesetzt bekommen! Noch keine fünf Minuten hat sie bisher still gesessen und schau nur ihren Teller an. Einmal im Kuchen rumgestochert und das war´s!“

Die ältere Dame wendet sich mit ärgerlicher Stimme direkt an das Kind: „Schluss jetzt Veronika, setz dich an den Tisch!“.

Doch diese hat einen kleinen Hund entdeckt, und rennt freudestrahlend auf ihn zu.

Erzürnt steht die ältere Dame auf und zerrt Veronika unsanft zum Tisch zurück.

Die jüngere Frau fühlt sich sichtlich unbehaglich. Lulu hat das Gefühl, dass sie von der Situation überfordert ist.

Veronika hat inzwischen angefangen, wütend zu schreien. Sie reißt sich von ihrer Oma los und tritt ihr dabei gegen das Schienbein.

Die Unsicherheit von Veronikas Mama entlädt sich jetzt in Wut. Sie steht auf, packt Veronika und marschiert mit ihr in das Lokal direkt in die Toilettenräume.

Lulu läuft unbemerkt hinter den beiden her und beobachtet entsetzt, wie die junge Mutter wutentbrannt auf Veronika einschlägt. Sie würde so gerne einschreiten und der Kleinen helfen, aber intuitiv weiß sie, dass sie hier nur als Zuschauerin geduldet ist.

Die Mutter hat sich wieder etwas beruhigt. „Haben wir uns jetzt verstanden, Veronika? Wirst du jetzt brav sein?“ Ihr Tonfall ist versöhnlicher, aber nach wie vor streng.

Der kleine Rotschopf nickt schluchzend und in diesem Moment passiert etwas Seltsames. Aus Veronika löst sich ein Gebilde heraus. Es gleicht zunächst einem Schatten, doch schnell nimmt es konkretere Form an und sieht aus wie ein Abbild des Kindes. Wie eine Zwillingsschwester steht dieses kleine Geschöpf hinter Veronika. Fast gleichzeitig taucht plötzlich Custos auf und nimmt das Wesen sanft und behutsam in seine Arme.

Lulu ist zunächst froh über das Erscheinen von Custos. Doch dann beobachtet sie verzweifelt, wie dieser sich mit der kleinen Gestalt auf dem Arm entfernt. Ihr Blick wandert zu Veronika und es zerschneidet ihr fast das Herz, mit anzusehen, wie traurig und verloren sie da steht. Mit dem Verschwinden dieses Wesens, das eben noch Teil von ihr war, scheint sie gleichzeitig völlig ihrer Vitalität beraubt zu sein. Es kommt Lulu so vor, als wäre Veronika nur noch ein Schatten ihrer selbst.

Die Mutter scheint eine Veränderung an ihrem Kind wahrgenommen zu haben und - plötzlich liebevoll - nimmt sie die Kleine hoch auf ihren Arm. „Jetzt sei noch ein bisschen lieb“, flüstert sie zärtlich und drückt ihr einen Kuss auf die Wange. „Wir gehen ja bald nach Hause und dann darfst du toben.“

Veronika nickt folgsam. Kein Ton kommt mehr über ihre Lippen, als die Mutter sie wieder auf den Boden stellt, sie an der Hand nimmt und mit ihr zurück an den Tisch zur Großmutter eilt.

Zutiefst betroffen beobachtet Lulu, wie die kleine Veronika eine halbe Stunde lang brav auf ihrem Stuhl sitzt, ohne einen Muckser von sich zu geben.

Die Großmutter scheint zufrieden damit. Die Mutter wirft immer mal wieder einen verstohlenen Seitenblick auf ihre Tochter. In diesem Blick erkennt Lulu einerseits eine Genugtuung über den Erfolg ihrer Erziehungsmaßnahme, andererseits aber auch eine leichte Beunruhigung, eine unbestimmte Sorge.

„Vielleicht habe ich Veronika eben ein bisschen zu hart angepackt“, flüstert sie ihrer Mutter zu.

Doch diese schüttelt energisch den Kopf: „Ach was, dem kleinen Dickkopf musst du einfach ab und zu den Willen brechen. Sie tanzt dir sonst ein Leben lang auf der Nase herum." Und zu Veronika gewandt: „Jetzt schau sie dir an, wie lieb unser Schatz sein kann. Wir gehen jetzt gleich. Magst du unterwegs noch ein Eis, meine Kleine?"

Veronika nickt, ohne aufzuschauen. Folgsam folgt sie ihrer Mama und Oma zum Auto.

Nur Lulu weiß, dass soeben etwas Folgenschweres in Veronikas Leben passiert ist. Sie fühlt sich so elend, als hätte sie selbst einen Teil von sich verloren.

Erschöpft legt Lulu sich auf die Wiese und schließt die Augen. Doch dann fühlt sie sich sanft hochgehoben und spürt die wärmende und wohltuende Nähe von Custos.

Als Lulu die Augen wieder aufschlägt, sieht sie sein Gesicht über sich. Sie ist zurück in dem Raum mit den vielen Kindern. Neben Custos erkennt sie die kleine Veronika und schlagartig taucht die Erinnerung an das eben Erlebte wieder in ihr auf.

„Arme Veronika", seufzt Lulu leise und fügt dann bekümmert hinzu: „Die armen Menschen!" Über ihr Gesicht hat sich ein Schatten tiefer Traurigkeit gelegt. Sie schaut Custos direkt in die Augen und dieser sieht, dass Lulu auf ihrer kurzen Reise in die Vergangenheit Veronikas nicht nur verstanden hat, wodurch die Menschen ihre Kinder verloren haben, sondern auch, was ein solch schrecklicher Verlust für die Menschen bedeutet.

Noch immer die folgsame, ihres ursprünglichen Wesens beraubte Veronika vor Augen murmelt Lulu traurig vor sich hin: „Kein Wunder, dass Ego Puppenspieler so ein leichtes Spiel mit den Menschen hat."

Custos nimmt Lulu zärtlich in den Arm. Nachdem er sie einige Zeit tröstend gehalten hat, sieht er sie eindringlich an. Lulu hat das Gefühl, dass er bis auf den Grund ihrer Seele schaut.

„Ich brauche deine Hilfe, Lulu."

Als diese ihn erstaunt und fragend ansieht, fährt Custos fort: „Ich möchte dich zurück zu den Menschen schicken, damit du ihnen bestimmte Fragen stellst. Fragen, die sie wieder zu ihrem verlorenen Kind zurückführen. Und es ist außerdem deine Aufgabe, die Menschen so oft wie möglich dazu zu bringen, sich zu entspannen und Zeit zu nehmen, über ihr Dasein nachzudenken."

Lulu wird es mulmig zumute. Das scheint ihr alles andere als einfach. Ihre Stimme klingt etwas kleinlaut. „Das heißt, ich soll die Menschen dazu bringen, nicht mehr diesem Ego Puppenspieler zu folgen?"

Custos Mund umspielt ein Lächeln. „So ist es, Lulu. Es geht allerdings nicht darum, die Menschen gegen ihr Ego aufzubringen, denn sie brauchen ihr Ego. Doch durch die zunehmende Macht des Puppenspielers ist das Ego einfach zu groß geworden. Seine ständig wachsende Gier nach Macht und Anerkennung hat die Intuition der Menschen nahezu völlig verdrängt. Ihr Herz, ihre Gefühle der Freude und der Liebe kommen viel zu kurz. Wie sollen die Menschen in diesem Zustand zu ihren verlorenen Kindern zurückfinden, die sich hier bei mir befinden. Sie verspüren ja nicht einmal mehr Sehnsucht nach ihrem ursprünglichen intuitiven Wesen. Es ist deine Aufgabe, Lulu, in den Menschen diese Sehnsucht wieder zu entfachen. Erinnere sie an ihre Träume, bringe sie zum Lachen oder auch zum Weinen, berühre ihr Herz!"

Lulu nickt nachdenklich und Custos sieht in ihren Augen, dass sie verstanden hat, worum es ihm geht.

So spricht er weiter: „Doch wenn du meine Welt verlässt, Lulu, und dich ganz in die Welt der Menschen begibst, verlierst du den direkten Kontakt zu mir. Deshalb wird uns Artemis als Mittlerin zwischen unseren Welten helfen. Du wirst sie gleich kennen lernen."

„Artemis", ruft Custos und Lulus Herz macht vor Freude einen Sprung, als sie eine Eule mit weit ausgebreiteten Flügeln über die Köpfe der Kinder herbeisegeln sieht.

„Oh, ich liebe Eulen!", ruft Lulu begeistert, während sich Artemis auf ihrer Schulter niederlässt und liebevoll an ihrem Ohr knabbert.

Custos lächelt: „Eulen sind ja auch Grenzgänger zwischen den Welten, genau wie du, Lulu." Und als er die orangefarbenen Augen der Eule zusammen mit dem orangenen Mantel von Lulu betrachtet, lacht er: „Ihr zwei gebt ein hübsches Bild ab."

„Artemis", murmelt Lulu und streicht ihr sanft über das gelblichbraune, mit einer dunklen Marmorierung durchzogene Gefieder. Artemis hat ihre Federohren aufgerichtet, ein Zeichen ihrer freudigen Erregung. Lulu sieht direkt in ihre Augen und ist völlig eingenommen von dem tiefgründigen Blick der Eule. Wie Lulu selbst, scheint auch Artemis hinter die Kulissen zu schauen. Kein Wunder, dass sich Lulu und die Eule auf Anhieb auf tiefer Ebene verstehen.

Nachdem Custos die beiden eine Zeitlang beobachtet hat, ergreift er wieder das Wort: „Ich bin froh, dass du Artemis an deiner Seite hast, Lulu, denn deine Aufgabe ist nicht einfach. Vor allem musst du aufpassen, dass du Ego Puppenspieler nicht selbst in die Fänge gerätst. Früher oder später wird er auf dich aufmerksam werden und versuchen, dich einzuwickeln. Er ist sehr schlau und weiß genau, wo er seinen Faden ansetzt. Und du weißt ja, wenn er erst mal bei dir angedockt hat, wirst auch du zu einer seiner Marionetten werden. Also hüte dich davor, dass dir Ego Puppenspieler zu nahe kommt!“

Lulu wird es bei diesem Gedanken etwas bange: „Woran erkenne ich das denn, ich meine, dass mir Ego Puppenspieler zu nahe rückt?“

Custos Stimme wird jetzt eindringlich: „Es gibt zwei besonders wichtige Warnzeichen, Lulu: Wenn du anfängst, deiner Intuition nicht mehr zu trauen und wenn dir die Freude des Augenblicks verloren geht. Und achte auf Artemis. Wenn sie nicht mehr bei dir bleiben kann, obwohl du sie gerufen hast, ist dir Ego Puppenspieler bereits gefährlich nah. Also hüte dich, mein Kind. Wenn Artemis deinen Ruf nicht mehr vernimmt, ist es womöglich schon zu spät.“

Lulu bekommt eine Gänsehaut bei dieser Vorstellung, aber Artemis rückt etwas dichter an ihr Ohr und das macht ihr wieder Mut, sich ihrer Mission zu stellen.

„Du hast vorhin gesagt, Custos, dass ich den Menschen bestimmte Fragen stellen soll, um sie zu ihrem verlorenen Kind zurückzuführen. Was sind das für Fragen?"

Custos ist erfreut darüber, wie aufmerksam Lulu ihm zugehört hat: „Ein paar gebe ich dir mit. Aber dir fallen im passenden Augenblick bestimmt auch noch andere Fragen ein, welche die Menschen in ihrem Herzen berühren und den Weg zu ihrem verlorenen Kind öffnen. Ich vertraue da ganz auf deine Intuition. Also, du kannst zum Beispiel fragen:

> Was würdest du verändern, wenn du wüsstest, dass du in einem Jahr stirbst?
> Erfreust du dich an den kleinen Dingen des Lebens?
> In was steckst du die meiste Energie?
> Wie oft am Tag empfindest du Freude? Wann genau passiert das?"

Lulu geht die Fragen im Geiste noch mal durch, um sich möglichst alle zu behalten. Custos beobachtet sie dabei lächelnd. „Keine Sorge, Artemis wird dich unterstützen. Du musst dir jetzt nicht alle Fragen merken.

Ich werde dich nun wieder zu den Menschen zurückbringen, meine mutige Lulu. Hast du noch etwas auf dem Herzen?"

Lulu spricht aus, was ihr schon die ganze Zeit im Kopf herumspukt: „Wie soll ich denn an all die Menschen herankommen? Es sind so viele!“

Custos streicht Lulu zärtlich über die Wange: „Versuche einfach, so viele Menschen wie möglich zu erreichen. Die Menschen, welche du im Herzen berührt hast, werden sich verändern, denn sie werden mit meiner Hilfe ihre verlorenen Kinder zurückholen. Und diese Menschen wiederum werden Einfluss auf die ihnen nahestehenden Personen nehmen und diese wieder auf ihre Familie und Freunde. Und auf diese Weise wird hoffentlich die Bedeutung des Puppenspielers so weit zurückgedrängt, dass er seine verheerende Macht über die Menschen verliert. Natürlich wirst du von Artemis und mir mit all unseren Kräften unterstützt.“

Dies ist der letzte Satz, den Lulu hört, bevor sie wieder zurück zu den Menschen befördert wird.

3

Lulu findet sich im Bahnhof wieder. Ihr ist etwas schwindelig, aber sie erinnert sich noch an jedes von Custos` Worten.

Während sie über ihre Mission nachdenkt, steigt Lulu in die nächste U-Bahn ein. Sie lässt sich auf einer Bank nieder. Ihr gegenüber sitzt ein Mann, der etwas trübsinnig vor sich hinschaut.

„Guten Abend“, wünscht Lulu freundlich und erntet ein undefinierbares Murren.

„Geht es Ihnen nicht gut?“

„Was geht dich das an!“, schnauzt der Mann Lulu an. „Hör zu, Mädchen, ich bin müde und will meine Ruhe haben.“

Das fängt ja gut an, denkt Lulu, aber natürlich gibt sie nicht so schnell auf: „Sie sehen wirklich müde aus. Haben Sie denn heute so viel gearbeitet?“

„Hör mal, du Göre. Hast du kein Zuhause? Lass mich jetzt endlich in Frieden!“

Der Mann steht auf, verlässt genervt seinen Platz und lässt Lulu etwas ratlos allein zurück.

Lulu denkt nach. Wie kann es ihr gelingen, in Kontakt mit den Menschen zu kommen? Sie erinnert sich an die Zeit, bevor sie bei Custos gelandet ist und entspannt sich etwas. Schließlich hatte sie in dieser Zeit ja auch

Freunde gewonnen und sollte vielleicht nicht so überstürzt vorgehen. Und doch hat sie es eilig, ihre neue Aufgabe anzugehen.

In diesem Moment steigt eine Frau in die U-Bahn ein. Lulu fällt sofort ihr federnder Gang auf. Der locker gebundene Pferdeschwanz wippt fröhlich bei jedem Schritt. Mit ihren Turnschuhen, Jeans und dem kurzen Pulli, welcher den Bauchnabel ab und zu hervorblitzen lässt, macht sie einen sportlichen und vitalen Eindruck.

Die Frau nimmt gegenüber Lulu Platz. Lulu betrachtet sie genauer. Irgendwie kommt ihr dieses Gesicht bekannt vor. Gerne würde Lulu in ihre Augen schauen, doch leider trägt die Frau eine große dunkle Sonnenbrille, die Lulu den Blick in ihre Seele versperrt.

Gerade als Lulu den Mund öffnet, um sie anzusprechen, klingelt das Handy. Die Frau sieht auf das Display und drückt den Anruf weg. Frustriert schaut sie aus dem Fenster. Lulu spürt eine große Traurigkeit von ihr ausgehen.

„Warum sind Sie so traurig?“, fragt sie geradeheraus.

Die Frau sieht sie erstaunt an. „Ich bin nicht traurig“, erwidert sie unwirsch.

Als Lulu sie zweifelnd mit großen Augen anschaut, wird sie zugänglicher. „Na gut“, gesteht sie ein. „Ich bin schon traurig, aber du bist sicherlich die Letzte, die mir helfen kann.“

Lulu lässt sich nicht so leicht abwimmeln. „Vielleicht kann ich Ihnen doch helfen.“

Die Frau schaut sie nachdenklich an. Irgendetwas hat dieses Mädchen an sich.

„Warum haben Sie den Anruf weggedrückt?“, fragt Lulu unverblümt.

Der Frau wird die ganze Geschichte langsam unangenehm. Was soll sie diesem Kind ihre Probleme aufhalsen, ihr kann doch sowieso niemand helfen. Sie steht auf, murmelt zu Lulu gewandt: „Ich muss jetzt aussteigen“ und sucht sich einen Platz am anderen Ende der Bahn, damit Lulu nicht sieht, dass sie gar nicht ausgestiegen ist. Endlich hat sie ihre Ruhe - nur kurz. Denn schon wieder klingelt ihr Handy. Diesmal nimmt sie ab: „Veronika Schalle“, meldet sie sich und ist kurze Zeit später in das Gespräch mit einer Kundin vertieft.

Lulu, wieder allein auf ihrem Platz, ist etwas frustriert. *Puh, das wird kompliziert*, denkt sie und schaut gedankenverloren aus dem Fenster.

Die Bahn kommt der Stadtmitte näher und wird langsam voll. Ein Mann setzt sich auf den Platz gegenüber von Lulu, der einzige, der frei ist. Er würdigt Lulu keines Blickes.

Die Menschen hier scheuen den Kontakt, stellt Lulu für sich fest, *was meine Aufgabe nicht leichter macht.* Sie schielt zu dem Mann hinüber. Er sitzt gebeugt, seine Stirn in tiefe Furchen gelegt und er greift sich immer wieder an den Nacken und dreht den Kopf dabei hin und her.

„Haben Sie Schmerzen?“, fragt Lulu.

Erstaunt sieht der Mann sie an: „Wie kommst du darauf?“

Lulu schaut ihn mitfühlend an: „Ich kann es Ihnen ansehen.“

Der Mann wirkt peinlich berührt und setzt sich sofort aufrechter hin. „Das geht dich doch nun wirklich nichts an. Kümmere dich um deine eigenen Probleme.“

„Ich habe keine Probleme“, entfährt es Lulu spontan, wobei sie sich im gleichen Moment eingesteht, dass das nicht so ganz stimmt. Ihre Mission ist bisher noch nicht sehr erfolgreich verlaufen.

„Na, dann kannst du ja froh sein, du bist ja auch noch jung. Obwohl…“, der Mann macht eine kurze Pause, „auch ihr habt ja heute schon genug Probleme.“

Lulu schaut ihn fragend an.

„Also meine Tochter Susi jedenfalls.“ Der Mann fragt sich, warum er sich überhaupt auf dieses Gespräch einlässt. Aber etwas an dem merkwürdigen Mädchen fesselt ihn. Er sieht zu Lulu, die ihn schweigend, aber erwartungsvoll anschaut.

„Na ja“, seufzt er, „Susi hängt dauernd herum, geht nicht mehr zur Schule. Es fehlt nur noch, dass sie anfängt, Drogen zu nehmen.“ In ihm steigt bereits bei dem Gedanken die Verzweiflung hoch und sein Nacken versteift sich schon wieder schmerzhaft.

„Sie machen sich also Sorgen um Ihre Tochter und deshalb haben Sie Schmerzen“, stellt Lulu fest.

Der Mann zieht eine Augenbraue hoch. „Du bist ja ein ganz schlaues Mädchen!“ Der beißende Spott in seiner Stimme lässt Lulu zusammenzucken.

„Tut mir leid“, entschuldigt sich der Mann, „aber dieses Thema ist wirklich nichts für dich.“

Lulu schaut ihn erstaunt an: „Wie alt ist denn Ihre Tochter?“

„Sie ist 14“, antwortet der Mann widerwillig.

„Vielleicht bin ich doch genau die Richtige für dieses Thema!“

Achselzuckend ergibt sich der Mann in sein Schicksal.

„Wie heißt du überhaupt?“

„Lulu, und Sie?“

„Thomas Wiederkorn. Aber sag ruhig Tomi zu mir, so wie mich alle nennen.“

„Gerne“, bedankt sich Lulu erfreut, um dann nachdenklich fortzufahren: „Was meinst du eigentlich damit, dass deine Tochter nur herumhängt?“

„Na ja, erst erzählt sie mir, sie sei zu krank, um in die Schule zu gehen, und dann sitzt sie den ganzen Tag vor ihrem Laptop oder Fernseher. Das macht mich ganz krank. Sie könnte doch in dieser Zeit wenigstens was lernen!“

„Was machst DU denn, wenn du krank bist?“

„Ich“, Tomi überlegt, „bin nie krank. Das geht gar nicht! Ich kann nämlich nicht einfach so wie mein Töchterlein beschließen, dass es mir jetzt grad mal nicht besonders gut geht und dann einfach nicht zur Arbeit gehen.“

Lulu fällt sofort Ego Puppenspieler ein und im Geiste sieht sie den Faden, der an diesem armen Mann klebt.

„Aber du siehst aus, als könntest du mal eine Pause gebrauchen". Lulus Stimme ist bei diesen Worten so mitfühlend, dass Tomi plötzlich berührt ist. Fast kommen ihm die Tränen. Lulu hat ins Schwarze getroffen. Tomi fühlt sich völlig ausgelaugt. Auf der Arbeit Stress ohne Ende, dann die Sorgen um die Tochter und seiner Frau Tina geht es nicht besser. Abends sind sie oft beide so gereizt, dass sie sich wohlweislich aus dem Weg gehen. Und doch sehnt er sich nach der Nähe zu Tina.

Lulu hat Tomi genau beobachtet. „Machst du denn nie eine Pause?", fragt sie leise.

„Ja doch!", antwortet Tomi fast ein bisschen zu schnell. Er hat sich gefasst und Lulu merkt fast körperlich, wie Tomi sich wieder verschließt.

„Natürlich mache ich manchmal Pausen, am Wochenende zum Beispiel. Aber auch da muss ich erreichbar sein, falls in der Firma irgendwas schief läuft. Schließlich sind wir eng vernetzt mit den USA und die arbeiten auch am Wochenende. Aber immerhin habe ich dann mal Zeit, mit Susi Mathe zu lernen oder mit Tina endlich mal wieder auszugehen."

„Und eine Pause nur für dich? Für dich ganz alleine?"

Tomi seufzt bei dem Gedanken: „Ich glaube, so was hatte ich schon Jahre nicht mehr!" Doch dann fällt ihm ein: „Aber beim Joggen, das mache ich nur für mich, da kann ich dann auch mal abschalten." Tomi wirkt bei diesem Gedanken wieder etwas zufriedener.

Aber Lulu ist es nicht. „Also“, fasst sie zusammen, „du darfst nie krank sein. Du arbeitest sehr viel, manchmal auch am Wochenende, und wenn du nicht arbeitest, machst du dir Sorgen um Susi. Und ab und zu gehst du joggen, das machst du dann für dich. Aber ich möchte fast wetten, dass du dabei auch an deine Arbeit oder an Susi denkst, stimmt´s?“

Tomi schaut sie mit einem schiefen Grinsen an.

Da platzt Lulu mit einer Frage heraus, die sie von Custos in Erinnerung hat: „Sag mal, Tomi, wie viel deiner Energie verwendest du nur dafür, dass es dir gut geht? Also DIR, nicht deiner Tochter Susi oder deiner Frau oder deinem Chef!“

„Puh“, überlegt Tomi, „du stellst vielleicht Fragen! Das ist ja nicht so einfach, denn wenn es Susi und meiner Frau gut geht, geht es mir auch gut. Also ist die Energie, die ich darauf verwende, ja auch für mich. Und das gilt genauso für die Energie, die ich in meine Arbeit investiere. Wenn da alles glatt läuft und meine Kunden zufrieden sind, dann bin auch ich entspannt. Also, so gesehen“, Tomi grinst fast triumphierend, „stecke ich meine ganze Energie genau darein, dass es mir gut geht!“

Lulu schaut ihn zweifelnd an. Das klingt nach Milchmädchenrechnung. Nachdenklich und fast ein bisschen traurig antwortet sie: „Aber deiner Tochter geht es nicht gut – hast du jedenfalls erzählt - und dir auch nicht und deine Arbeit stresst dich. Wie es deiner Frau geht, weiß ich nicht. Also steckst du deine Energie komplett in deine Arbeit, deine Tochter, deine Frau, damit es dir gut geht. Aber es funktioniert nicht, denn es geht Euch allen nicht gut."

Lulu rechnet ihm das so nachdenklich, aber gleichzeitig so völlig ohne Bewertung vor, dass Tomi ihr nicht böse ist, obwohl ihm ihre Rechnung gar nicht gefällt.

Er schaut sie gespielt ratlos an: „Und jetzt? Was schlägst du vor, meine kleine Hobbypsychologin?"

Lulu lässt sich auf die spöttische Ebene, in die sich Thomas gerettet hat, nicht ein.

„Was schlägst DU vor?", fragt sie ohne jeglichen Spott in der Stimme und mit so freundlichen Augen, dass Thomas gar nichts anderes übrig bleibt, als darüber nachzudenken.

„Du meinst", überlegt er laut, „ich sollte meine Energie mehr für mich selbst verwenden? Dann sorge ich immerhin wenigstens dafür, dass es an dieser Ecke stimmt... hm ja, es ist schließlich eine alte Weisheit, dass es der Familie auch besser geht, wenn man selbst gut drauf ist. Ach, ich weiß nicht, das klingt jetzt irgendwie logisch, aber wie soll ich das denn anstellen? Energie für mich." Die letzten Worte hat Tomi mit zunehmender Verachtung in der Stimme weit auseinandergezogen und fährt langsam zornig werdend fort: „Dann fang ich noch an, so herumzulungern, wie meine Tochter. Das bringt mich schon bei ihr zur Weißglut! Wo soll das denn alles hinführen? Schließlich muss ich ja auch das Geld verdienen. Was du sagst, ist zwar irgendwie schlau, aber mal ganz ehrlich, Mädchen, du hast einfach keine Ahnung vom wirklichen Leben!" Und mit einem erleichterten Blick aus dem Fenster: „Oh wir sind da. Ich muss aussteigen. Tut mir leid, Lulu, es war sehr interessant mit dir. Wirklich, aber ich muss jetzt hier raus!"

Man könnte fast meinen, Tomi sei auf der Flucht, als er sichtbar erlöst aus der U-Bahn springt und Lulu zum Abschied zuwinkt.

Na toll, denkt Lulu, *ich wähle künftig besser einen Ort, von dem aus die Menschen nicht so schnell flüchten können. Andererseits*, tröstet sie sich, *weiß man nie, wie fruchtbar der Boden ist, auf den das Gespräch gefallen ist. Allerdings*, überlegt Lulu wiederum etwas frustriert, *wird Ego Puppenspieler schon dafür sorgen, dass Tomi bloß nicht zum Nachdenken kommt.*

4

Es wird Zeit für Lulu, eine Bleibe zum Schlafen zu suchen und so verlässt sie beim nächsten Halt die Bahn. Aber erstmal braucht sie dringend etwas zu essen. Sie erinnert sich an die Obstwiese am Rande der Stadt. Ob die Äpfel und Pflaumen reif sind? Jedenfalls waren sie es, als sie von Custos geholt worden war. Aber Lulu hat keine Ahnung, wie lange sie fort war. Sie hatte dort bei Custos jegliches Zeitgefühl verloren. Gespannt macht sie sich auf den Weg.

Als Lulu gedankenverloren Richtung Stadtrand läuft, wird sie durch ein lautes Hupen aufgeschreckt. Sie schaut auf und fasst ihr Glück kaum. Es ist Pedro!

Auch Pedro ist hocherfreut, Lulu wieder zu sehen, springt aus dem Auto, schließt sie in seine Arme und mag sie gar nicht mehr loslassen. „Ich habe dich vermisst, Lulu. Wo hast du denn bloß gesteckt?"

„Ich hatte ein irres Erlebnis!", sprudelt es aus Lulu heraus. Doch dann zögert sie. Wie soll sie das alles erklären? Pedro wird sie für verrückt halten. Plötzlich sieht sie ihn wieder vor sich, wie er im Gleichschritt mit allen anderen zu Ego Puppenspielers Theater marschiert war. Vielleicht sollte sie erst mal noch nicht zu viel erzählen. So lenkt sie das Gespräch schnell in seine Richtung.

„Erzähl du doch erst mal, Pedro, wie geht es dir?"

Pedro zuckt etwas resigniert mit den Schultern. „Wie soll´s mir schon gehen. Du weißt ja, immer viel zu tun im Job.“

„Aber“, ruft Lulu überrascht, „du hattest doch beschlossen, zu kündigen und dir was anderes zu suchen!“

Pedro schaut sie nachdenklich an. „Ja, du hast schon Recht, ich hatte das vor. Aber dann.. ach ich weiß nicht, ich habe es mir halt anders überlegt. Schließlich macht mir der Job ja auch Spaß! Außerdem hat mein Chef vor, zu wechseln. Und es könnte sein, dass ich dann seinen Posten bekomme. Die Chance kann ich mir einfach nicht entgehen lassen. Und was ich ohne Job mit der ganzen freien Zeit überhaupt anstellen soll, weiß ich ehrlich gesagt auch nicht. Ich bleib dann sowieso nur vorm Fernseher hängen. Ganz ehrlich, ich habe es am Wochenende wirklich probiert, aber ich kann mit mir alleine einfach nichts anfangen. Mit dir konnte ich wenigstens immer schön über Gott und die Welt philosophieren. Aber du warst ja wie vom Erdboden verschluckt. Jetzt erzähl doch mal, wo warst du denn?“

Doch dann sieht Pedro, wie müde Lulu aussieht und schlägt vor: „Du siehst ganz schön erschöpft aus. Willst du mit zu mir kommen und ich koch uns was Gutes?“

„Au ja!“, ruft Lulu begeistert und springt fröhlich in sein Auto. „Ich habe einen Bärenhunger!“

Nachdem die beiden ausgiebig gespeist haben und Pedro wiederholt nachhakt, wo Lulu gesteckt hat, knüpft diese vorsichtig an den Zeitpunkt an, als sie sich zuletzt gesehen hatten. „Kannst du dich erinnern, Pedro, nach dem Konzert auf dem Parkplatz, wie plötzlich alle – wie magisch in eine Richtung gezogen – losmarschiert sind?"

„Na klar!", ruft Pedro. „Da sind wir zwei doch fast noch zusammen gestoßen und dann bin ich automatisch mit allen anderen mitmarschiert. Aber das war gar nichts Schlimmes. Es war sogar sehr spannend. Wir landeten alle in einem richtig guten Theater. Irgendwie war mir danach auch klarer, was ich will. Ich meine, dass es doch Quatsch ist, zu kündigen, wenn man so einen guten Job hat und ich habe auch gemerkt, wie viel er mir bedeutet. Wer weiß, ob ich je wieder so einen gut bezahlten Job bekomme und dann auch noch mit solchen Aufstiegschancen. Was will man eigentlich mehr!

Ehrlich gesagt war ich richtig froh, dass ich genau zu diesem Zeitpunkt in diesem Theater gelandet bin. Es hat mir regelrecht die Augen geöffnet! Und ich dachte mir noch: ‚*Das ist bestimmt nicht umsonst geschehen und ich sollte auf solche Wegweiser achten.*' Das haben wir zwei ja auch schon immer festgestellt, dass man auf die Zeichen achten sollte, nicht wahr?"

Lulu ist einen Moment ratlos, was sie darauf antworten soll. Klar kam es Pedro so vor. Wie sollte er wissen, dass das genau der falsche Wegweiser war und wie konnte sie ihn jetzt davon überzeugen? Die Geschichte mit dem Hüter der verlorenen Kinder würde er ihr im Leben nicht glauben. Das alles kommt ihr ja selbst schon ein bisschen irrwitzig vor.

Da hört Lulu plötzlich den langgezogenen Schrei einer Eule. *Das ist Artemis*, denkt sie hocherfreut. *Vielleicht hilft sie mir weiter*. „Artemis“, ruft sie, „Artemis, komm her zu mir!“

Durchs offene Fenster kommt diese hereingeflogen und lässt sich auf Lulus Schulter nieder.

Voller Erstaunen blickt Pedro in die großen weisen Augen der Eule. „Wo in aller Welt…“

„Sie ist mir zugeflogen und wir sind Freunde geworden.“

„Stell ihm die Frage mit dem Tod“, hört Lulu die Eule sagen. *Komisch* denkt sie, *ich verstehe Artemis ohne Sprache. Das ist ja irre!*

Ohne zu Zögern setzt Lulu die Idee der Eule um.

„Du, Pedro, darf ich dir mal eine Frage stellen?“

„Natürlich“, erwidert Pedro nichtsahnend. „Schieß los!“

„Wenn du wüsstest, dass du in einem Jahr sterben müsstest, würdest du dann diesen Job auch weiter machen?“

„Ach Lulu, das ist doch Unsinn, diese Frage! Warum sollte ich denn in einem Jahr sterben?“ Dabei schaut Pedro in die Augen der Eule und wird ein bisschen unsicher. Sie sieht ihn mit schief gelegtem Kopf an, als würde sie sagen: Es könnte auch morgen sein, Pedro.

Pedro bekommt eine Gänsehaut und es wird ihm ungemütlich. Er hat Lulu vermisst, aber ohne sie war es unkomplizierter. Er würde jetzt schon sanft schlafen und morgen früh ausgeschlafen und fit wieder aufwachen. Schließlich hat er morgen eine wichtige Besprechung. Da geht es um richtig viel und wenn er den Job seines Chefs übernehmen will, muss er sich dabei schon sehr gut anstellen. Bei dem Gedanken wird er ganz nervös.

Und so wendet sich Pedro mit etwas gehetzter Stimme an Lulu: „Weißt du was, Lulu, lass uns ein anderes Mal darüber sprechen, ich muss jetzt wirklich schlafen. Ich habe einen total wichtigen Termin morgen. Schließlich“ – und dabei vermeidet er wohlweislich, die Eule anzuschauen – „haben wir ja noch alle Zeit der Welt, jetzt wo ich dich wiedergefunden habe. Willst du hier übernachten? Du kannst im Gästebett schlafen. Was meinst du?“

„Ja, gerne“, bedankt sich Lulu. Ihrer Stimme ist die Enttäuschung über den abrupten Abbruch des Gespräches anzumerken. „Wann kommst du denn morgen nach Hause?“

„Oh, das wird spät, wir haben noch ein Geschäftsessen! Aber nimm dir einfach den Schlüssel. Und fühl dich hier ganz zu Hause. Ach, ich bin froh, dass du wieder aufgetaucht bist! Gute Nacht, Lulu!“

Als Pedro in sein Schlafzimmer verschwunden ist, flüstert Lulu der Eule besorgt ins Ohr. „Bisher war ich nicht sehr erfolgreich. Aber ich bin so froh, dass du da bist, Artemis.“

„Sei nicht traurig“, hört sie die Eule sagen, „es ist dein erster Tag. Das alles braucht Zeit. Geh auch schlafen, Lulu, ich wache über dich.“

Diese Worte beruhigen Lulus aufgewühlte Seele, doch als sie im Bett liegt, schwirren ihr tausende Gedanken im Kopf herum.

Sie denkt an Pedro und die vielen Kinder bei Custos. Ob dort ein Junge namens Pedro wohnt? Ein kleiner Künstler-Pedro vielleicht? Lulu weiß, dass Pedro äußerst begabt und kreativ ist, aber er lässt diese Seite nur selten zum Zug kommen. Stets haben die Arbeit und sonstige Pflichten Vorrang.

Dafür sorgt mit Sicherheit dieser Ego Puppenspieler, denkt Lulu, bevor ihr die Augen zufallen und sie endlich einschläft.

5

Veronika schaut unzufrieden in den Spiegel. Ihr Gesicht ist von Müdigkeit und tiefer Erschöpfung gezeichnet. Sie versucht, das Glitzern in ihre grünen Augen wieder hinein zu zaubern, dieses Leuchten, welches Michi so liebt.

„Ich vermisse das Glitzern in deinen Augen, schon so lange habe ich es nicht mehr gesehen“, hatte er ihr vor ein paar Tagen zugeflüstert. Und dieser Satz hatte Veronika zutiefst getroffen. Sie erinnert sich an seinen romantischen Heiratsantrag vor vielen Jahren. Mit zahlreichen Kerzen hatte er damals das Leuchten ihrer Augen versinnbildlicht.

Erneut schaut Veronika in den Spiegel: kein Glanz, kein Glitzern, nur Verzweiflung und Ratlosigkeit.

So oft geraten sie und Michi in letzter Zeit aneinander. Erst gestern hatten sie wieder mal fürchterlich gestritten. Danach war ihr Mann stundenlang verschwunden und erst in den Morgenstunden heimgekommen. Als Veronika ihn zur Rede gestellt hatte, wo er die ganze Nacht gewesen sei, war der Streit eskaliert. Zum ersten Mal war von seiner Seite das Wort „Trennung“ gefallen, ein Wort, das Veronika erschauern lässt.

Dabei halte ich ihm komplett den Rücken frei! Bei diesem Gedanken wird sie schon wieder wütend. *Er macht Karriere, ich kümmere mich um Sandra, schmei-*

ße den Haushalt und komme nicht mal dazu, endlich meinen Praxisraum einzurichten. Und jetzt droht er mit Trennung. Soll er doch mal sehen, wie er ohne mich zu Rande kommt!

Veronika wird immer zorniger. Was soll sie denn noch alles tun? Sie liest ihrem Kind und ihrem Mann die Wünsche von den Augen ab. Ständig spielt sie die Feuerwehr und versucht, Michis berufliche Probleme und den Liebeskummer ihrer Tochter aufzufangen. Wenn diese nach Hause kommen, erspürt Veronika schon an der Haustüre, ob alles bei ihnen in Ordnung ist. Und wenn nicht, ja, dann steht sie wieder parat, tröstet und berät und hat ihr eigenes Problem oder Bedürfnis auf morgen verschoben. Bräuchte sie selbst dann mal Unterstützung, schiebt Michi Überstunden und das Töchterlein ist auf Achse.

Warum fragt Michi nie, wie es MIR geht? In Veronika macht sich ein Gefühl breit, welches sie nur zu gut kennt: Frustration. *Ich bin ihm nicht wichtig! Wem bedeute ich überhaupt etwas?* Veronika weiß, dass diese Gedanken sie nur tiefer in die Verzweiflung stürzen, aber es ist fast wie ein Sog, schwer zu stoppen.

Das Klingeln ihres Handys reißt Veronika aus ihrer Gedankenwelt. Sie schaut auf das Display: ‚Mutti' erscheint dort und sie seufzt. Trotz aufsteigenden Widerwillens nimmt sie den Anruf an und zwingt sich zu einem freundlichen „Hallo Mutti, wie geht's dir?".

„Hallo Schätzchen, könnte besser sein, aber ich will ja nicht jammern. Sag mal, meine Liebe, könntest du mich heute Nachmittag zum Arzt fahren? Theo ist mit dem Wagen unterwegs und mit der U-Bahn ist´s schwierig, weil mal wieder Streik angesagt ist."

Veronika denkt kurz nach. Eigentlich hatte sie vor, sich heute mal um ihren Internetauftritt zu kümmern. Schon so lange hat sie das vor. Aber auf ein oder zwei Tage kommt es da jetzt auch nicht mehr an.

Ihre Stimme klingt resigniert, als sie ihrer Mutter zusagt. „Ja, in Ordnung, kann ich machen. Wann musst du denn los?"

„Um fünf, ich stehe dann unten und warte auf dich. Danke, mein Schatz! Bis später!"

Veronika fängt an, das Geschirr in die Spülmaschine zu räumen. Erst nach einer Viertelstunde merkt sie, wie gereizt sie bei dem Gedanken ist, bald schon wieder loszumüssen, statt sich endlich mal ihrem Beruf zu widmen.

Warum schaffe ich es bloß nie, Nein zu sagen, denkt Veronika frustriert. *Andererseits kann ich meine Mutter ja auch nicht einfach hängen lassen. Und um sechs kommt ohnehin Sandra schon wieder vom Training zurück.*

Veronika schaut auf die Uhr. *Drei Uhr schon! Dann bereite ich jetzt mal den Auflauf für heute Abend vor.*

6

Als Lulu aufwacht, schaut sie direkt in die großen dunklen Augen von Artemis und das macht sie gleich froh. Sie springt aus dem Bett.

„Was meinst du, Artemis, soll ich die Menschen weiter so ansprechen wie gestern? So schlecht ist es ja eigentlich gar nicht gelaufen!"

Artemis nickt mit ihrem Kopf, dann breitet sie die Flügel aus und fliegt aus dem Fenster.

„Artemis!", ruft Lulu hinter ihr her, aber diese ist im frühmorgendlichen Nebel verschwunden.

Lulu schaut ihr nach und fühlt sich im gleichen Moment etwas einsam. Aber sie vertraut darauf, dass die Eule schon wieder kommen wird, wenn sie sie braucht.

Lulu denkt darüber nach, wann es ihr am besten gelingt, die Menschen zu erreichen. *Wohl nicht,* überlegt sie, *wenn sie müde sind, aber noch weniger, wenn sie bei der Arbeit sind. Und wenn sie irgendwo hineilen, erst recht nicht. Ich muss einen Moment erwischen, zu dem die Menschen entspannt sind. Doch mal sehen,* sinniert Lulu weiter, *inwieweit dieser Ego Puppenspieler solche Augenblicke überhaupt noch zulässt!*

Lulu beschließt, sich zunächst treiben zu lassen und ein bisschen in der Stadt zu bummeln. Ihr werden schon die richtigen Leute zur passenden Zeit über den Weg laufen.

Auf dem Weg in die Stadt landet Lulu erstmal im Stadtpark. Nachdem sie dort eine Zeit lang herumgeschlendert ist, lässt sie sich auf einer Parkbank nieder und genießt die Herbstsonne. Dort bleibt sie nicht lange allein. Eine elegant gekleidete Dame mit weißem Haar setzt sich neben sie und packt ihr Croissant aus.

„Möchtest du ein Stück?“, fragt sie Lulu.

„Gerne!“ Lulus Freude über diese Kontaktaufnahme steht ihr ins Gesicht geschrieben. *Schön, wenn die Menschen auf mich zukommen*, freut sie sich im Stillen, *dann brauche ich mich nicht so anzustrengen.*

Lulu betrachtet die nette Frau jetzt genauer und was sie sieht, gefällt ihr. *„Fesch*“, denkt sie bei sich, als sie die eng anliegende Hose in sportlichen Stiefeln und den kuscheligen blauen Pullover betrachtet. Die dichten, leicht gelockten weißen Haare werden von einem raffiniert gebundenen Band daran gehindert, in das sympathische Gesicht zu fallen. Lulu schaut in ausdrucksvolle dunkle Augen, die in Kontrast zu den weißen, dichten Augenbrauen stehen.

„Ich bin zu Besuch bei meiner Nichte“, nimmt die Dame das Gespräch wieder auf. „Ich betreue ihre Kinder, während sie arbeitet. Die beiden Kleinen sind jetzt gerade im Kindergarten.“

Der Frau entschlüpft ein tiefer Seufzer.

Lulu schaut sie fragend an.

Deshalb erzählt die Dame weiter: „Die Arme, es geht ihr gar nicht gut. Sie hat sich von ihrem Mann getrennt und dieser ist so wütend auf sie, dass er nicht mehr mit ihr redet und sie mit den Kindern hängen lässt. Jetzt muss sie zusehen, wie sie das alles alleine auf die Reihe bekommt. Deshalb bin ich vorübergehend eingesprungen."

„Da kann sie aber froh sein, dass sie Sie hat", wirft Lulu ein.

Die Dame lächelt. „Ach weißt du, für mich ist das auch ganz schön. Mein Mann ist vor einem Jahr gestorben. Ich bin sehr froh, etwas Abwechslung zu haben und dabei auch noch zu helfen. Ich liebe diese Kleinen, sie sind total süß! Annemarie, so heißt meine Nichte, kann wirklich stolz auf die beiden sein. Aber sie macht sich so furchtbare Vorwürfe wegen der Trennung. Jetzt hat sie Angst, dass ihre Kinder nie wieder richtig glücklich sein können. Und sie fühlt sich so schuldig."

Lulu schaut nachdenklich vor sich hin. Die Dame betrachtet sie von der Seite. „Ich erzähle ja nur von mir und meinen Sorgen, was machst du denn hier im Park? Müsstest du nicht in der Schule sein?"

„Ich bin Lulu und besuche gerade einen Freund. Und Sie, wie heißen Sie?"

„Ich bin Melanie. Duze mich doch, das finde ich netter, schließlich haben wir uns ja auch schon ein Croissant geteilt", grinst sie.

„Gerne!" Und bevor Melanie irgendwelche weiteren Fragen stellen kann, hakt Lulu nach: „Du hast gerade erzählt, dass sich deine Nichte so schuldig fühlt. Warum?"

„Weil sie meint, ihren Kindern mit der Trennung furchtbar weh zu tun. Für Annemarie sind ihre Kinder das Wichtigste auf der Welt.“

„Wichtiger als sie selbst?“

„Ja, das ist wohl ihr Gefühl“, sagt Melanie mit leiser Stimme. „Annemarie fühlt sich für das Glück ihrer Kinder so sehr verantwortlich, dass sie meint, selbst nicht mehr glücklich sein zu dürfen, wenn ihre Kinder unglücklich sind.“

Lulu runzelt die Stirn und schaut Melanie etwas verständnislos an: „Das klingt alles so kompliziert. Die beiden lieben doch ihre Mama. Kinder lieben immer ihre Mama. Und wenn ihre Mama unglücklich ist, sind sie es auch. Also wären doch auch die Kinder unglücklich, wenn ihre Mama mit ihrem Papa zusammen bliebe, obwohl sie ihn nicht mehr liebt.“

Melanie seufzt: „Das stimmt schon, aber die Trennung macht die Kinder auch unglücklich, weil Kinder immer wollen, dass ihre Eltern zusammen bleiben.“

Lulu nickt nachdenklich. Doch dann ruft sie aus: „Aber dann dürften sich ja Gefühle im Leben niemals ändern. Das geht doch gar nicht!“

Als Melanie Lulu interessiert anblickt, fährt Lulu in ihrem Gedankengang fort: „Klar sind die beiden Kleinen traurig über die Trennung ihrer Eltern. Aber Traurigkeit gehört doch auch zum Leben. Für mich ist Traurigkeit nichts so Schlimmes. Hauptsache, ich darf traurig sein so viel und so lange ich will.“

Melanie ist nachdenklich geworden. „Ich glaube, da triffst du den Nagel auf den Kopf, Lulu. Genau dies dürfen die beiden nicht, denn Annemarie erträgt es einfach nicht, wenn sie traurig sind. Deshalb sagt sie ihnen dauernd, sie bräuchten nicht traurig sein. Es sei alles nicht so schlimm."

Lulu, die sich in die Kinder hineinversetzt hat, spürt bei diesen Worten eine richtige Beklemmung in ihrer Brust. Ihre Stimme klingt rau, als sie Melanie antwortet: „Ich glaube, die beiden brauchen genau das Gegenteil, eine Bestätigung, wie schlimm das alles für sie ist. Wenn sie so traurig sind, dürfen es aber nicht sein, fühlen sich die beiden sicher ganz furchtbar allein damit." Lulu fühlt sich bei dieser Vorstellung selbst elend.

Melanie schaut Lulu erstaunt an: „Du meinst, es wäre alles nicht so schlimm für die Kinder, wenn sie ihre Traurigkeit richtig ausleben könnten?"

„Ich glaube schon", nickt Lulu.

„Aber sie trauen sich nicht, traurig zu sein", wiederholt Melanie leise nochmal für sich, „weil sie spüren, dass Annemarie genau dies nicht erträgt."

Melanie steht die Verblüffung über das Gespräch mit Lulu ins Gesicht geschrieben.

„Von welchem Stern kommst du denn?", fragt sie scherzhaft. „Ich habe mir über dieses Thema schon viele Gedanken gemacht und es erscheint mir klug, wie du das siehst!"

Dann schaut Melanie auf ihre Uhr. „Oh wie schade, ich muss los, die Kinder abholen. Sag mal, wollen wir uns morgen Vormittag wieder hier treffen? Ich fand unser Gespräch sehr anregend und würde gerne öfter mit dir plaudern!"

Lulu nickt erfreut. Endlich mal jemand, der - statt zu flüchten - sogar mehr Kontakt mit ihr haben möchte.

„Um 11 Uhr, wieder hier auf der Parkbank. Ich bringe Croissants mit!", ruft Melanie, während sie Richtung Kindergarten davoneilt.

Lulu lässt das warmherzige Gespräch noch ein bisschen auf sich wirken und hat das wohltuende Gefühl, eine Freundin gefunden zu haben. Sie freut sich schon auf morgen, nicht nur wegen der feinen Croissants.

7

Lulu setzt ihren Gang durch den Park fort.

Der Park scheint der perfekte Ort zu sein, um mit den Menschen in Kontakt zu kommen, sinniert sie. *Hier genießen sie einen der wenigen Entspannungsmomente, die ihnen Ego Puppenspieler noch lässt.*

Wie, um ihren Gedanken zu bestätigen, fällt ihr Blick auf einen Mann, der lesend auf einer Parkbank sitzt. Lulu mustert seine leicht ergrauten Schläfen.

Es sind eher die etwas älteren Menschen, die sich Zeit für die Muße nehmen, denkt sie und spontan findet sie, dass der Herr zu der netten Melanie von eben passen würde. Aber sie ist ja nicht zum Verkuppeln hier. Trotzdem huscht bei diesem Gedanken ein Lächeln über ihr Gesicht.

Inzwischen steht Lulu vor der Parkbank.

„Darf ich mich zu Ihnen setzen?", fragt sie.

Der Herr scheint erstmal nicht so begeistert, beim Lesen gestört zu werden. Aber womöglich ist es der warme und herzliche Ton in Lulus Stimme, der ihn doch das Buch zur Seite legen und sagen lässt: „Bitteschön. Nehmen Sie Platz, junge Dame."

Diese Ansprache gefällt Lulu und grinsend setzt sie sich neben ihn.

„Ich bin Lulu".

„Walter", stellt sich der Herr vor.

„Was lesen Sie da gerade?“, fragt Lulu direkt.

Der Herr greift zu seinem Buch und zeigt ihr den Titel.

„Ich bin dann mal weg…“, liest Lulu. „Wollen Sie das auch, einfach mal weg sein?“

„Vielleicht, ja, ich weiß noch nicht.“

„Und was versprechen Sie sich davon?“, hakt Lulu nach.

„Vielleicht“, überlegt Walter, „das, was sich alle versprechen, die auf der Suche sind: etwas mehr Glück und Zufriedenheit.“

Das klingt beruhigend, denkt Lulu, *dieser nette Mensch scheint nicht völlig in den Strippen von Ego Puppenspieler gefangen zu sein.*

„Ich glaube“, fährt Walter fort, „dass man das Glück in sich selbst findet. Aber man braucht Zeit, um in sich zu schauen. Und dafür scheint mir der Jakobsweg ein geeignetes Mittel zu sein. Weißt du, ich hatte letzte Nacht einen Traum zum Thema Glück. Der inspiriert mich richtig. “

Walter wundert sich, warum er diesem Mädchen gegenüber so aufgeschlossen ist, aber Lulu schaut ihn mit aufgeweckten Augen gespannt an und scheint sich ernsthaft für seinen Traum zu interessieren. So fängt er an zu erzählen:

„Ich war mit einer Gruppe von fröhlichen Leuten zusammen und wir waren alle glücklich. Dann war ich plötzlich getrennt von diesen Menschen und hatte das Glück verloren. Ich hatte wahnsinnig Durst. Aber im

Traum war es ein Durst nach Glück. Ich lief überall herum und suchte verzweifelt nach dem Glück. Gleichzeitig wurde ich immer durstiger.

Walter schaut Lulu jetzt an: „Das war echt krass, Lulu, mein Mund war auch nach dem Aufwachen noch völlig ausgetrocknet."

„Erzähl weiter!", ruft Lulu neugierig und so fährt Walter fort: „Dann sah ich eine Gruppe von Menschen, die glücklich zu sein schienen. Sie lachten herzhaft zusammen und machten einen ausgelassenen und frohen Eindruck. Ich schlich mich zu ihnen und dann saugte ich diesen Menschen das Glück aus. Gleichzeitig hatte ich aber ein total schlechtes Gewissen, weil ich das Gefühl hatte, ich nehme ihnen ihr Glück weg. Außerdem wurde mir mit einem Schlag klar, dass alles, was ich da sauge, für mich nur ein Tropfen auf dem heißen Stein ist. Ja, genauso fühlte es sich auch körperlich an: Ich wusste, egal wie viel ich aus den anderen Menschen heraussauge, es wird meinen Durst niemals stillen.

Und dann, Lulu, als mir diese Erkenntnis kam, gab ich auf. Ich legte mich auf eine Liege, um zu sterben. Als ich so da lag, hörte ich irgendwo im Hintergrund Menschen miteinander reden und wusste, das sind meine Freunde. Und dann, plötzlich, als ich dem Tod schon nahe war, kam mir die rettende Idee. Mir war auf einmal absolut klar, dass dies der richtige Weg ist." Walter hält kurz inne.

„Und weißt du, Lulu, was ich dann meinen Freunden zugerufen habe? ‚Bringt mir diesen Mann, er heißt Walter‘.

Und mit diesem Satz bin ich aufgewacht.“

Erwartungsvoll schaut Walter Lulu an, die ihm gebannt zugehört hatte.

„Oh wow“, ruft Lulu aus, „das ist ja ein genialer Traum!“

„Nicht wahr!?“, grinst Walter. „Ich glaube, genau darum geht es. Das Glück ist in mir selbst und ich kann es auch nur dort finden. Und die Suche außerhalb von mir kann wohl niemals erfolgreich sein, allenfalls ein Tropfen auf dem heißen Stein. Besser hätte es mir mein Traum gar nicht sagen können.“

Spontan fällt Lulu Custos ein. *Wenn Walter sein Glück nicht im Außen, sondern in sich selbst sucht,* überlegt sie, *findet er vielleicht schneller zu dem kleinen Walter, der womöglich auch bei Custos zu Hause ist. Wer weiß, vielleicht verschafft sich Custos ja über die Träume der Menschen Zugang zu ihrer Seele. Bestimmt stammt dieser Traum von Custos!* Und an Walter gewandt ruft sie aus: „Also ja, das ist eine super Idee, eine Auszeit zu nehmen, nur für dich, mach das unbedingt!“

Dann springt Lulu auf.

„Danke, dass du mir von deinem tollen Traum erzählt hast!“

„Vielleicht sehen wir uns ja mal wieder!“, erwidert Walter und als Lulu kopfnickend und winkend davonläuft, denkt sie erneut, wie gut die nette Melanie zu diesem Mann passen würde.

8

Veronika hat ihre Mutter beim Arzt abgegeben und beschließt, eine Runde durch den Park zu spazieren. Es wird mindestens eine halbe Stunde dauern, bis der Arzttermin vorbei ist.

Mit einem Mal überfällt Veronika nagender Hunger und ihr fällt auf, dass sie heute fast nichts gegessen hat. Der Streit mit Michi hatte ihr gründlich den Appetit verdorben.

Veronika macht einen Schlenker beim Bäcker vorbei und läuft dann mit ihrem Käsebrötchen in den Park.

Mit den Gedanken bei Michi, merkt sie erst spät, dass vor ihr ein junges Mädchen steht. Der orangefarbene Mantel kommt ihr verdammt bekannt vor.

Veronika verdreht innerlich die Augen. *Nicht schon wieder, das darf doch nicht wahr sein*, denkt sie genervt und versucht, möglichst unbemerkt an Lulu vorbei zu kommen. Doch Lulu schaut sie mit so erstaunt aufgerissenen Augen an, dass Veronika nun doch gebannt stehen bleibt.

Lulu weiß jetzt, an wen diese Frau sie erinnert. Denn ohne Sonnenbrille erkennt sie ihre Augen wieder. Schlagartig erinnert sie sich an die Szene im Gartenlokal in den Bergen. Trotzdem ist sie erstmal völlig verwirrt. Diese Frau ähnelt der Mutter von der kleinen

Veronika sehr, und doch sieht sie anders aus. *Das ist nicht Veronikas Mutter*, denkt Lulu.

Plötzlich begreift Lulu, wer hier vor ihr steht: *Es ist die kleine Veronika, die inzwischen erwachsen geworden ist und deren damals verlorenes ureigenes Wesen bei Custos weilt!*

Lulu und Veronika starren sich einen Moment lang an. Das tiefe Mitgefühl, welches Lulu Veronika gegenüber empfindet, nimmt diese als warmes Gefühl wahr. Verwundert schaut sie Lulu an. Die Abwehr, welche sie in der U-Bahn empfunden hatte, ist völlig verschwunden. Jetzt überwiegt die Neugierde. Außerdem spürt Veronika, dass dieses eigenartige Mädchen irgendetwas in ihr sieht, das ihr selbst verborgen ist.

„Scheinbar sollten wir uns nochmal begegnen", fängt sie das Gespräch vorsichtig an.

Lulu lächelt Veronika jetzt offen an.

Was für ein gewinnendes Lächeln, denkt diese.

Es ist heiß geworden im Park und Veronika hat eine Idee: „Was hältst du von einem Eis?"

Lulu nickt begeistert und die zwei schlendern zusammen Richtung Eisdiele.

Lulu ist einen Moment lang nachdenklich. Damals, im Gartenlokal, nach der schrecklichen Szene in der Toilette, hatte die Großmutter Veronika ein Eis angeboten. Lulu hatte soeben, beim Anblick von Veronika, das damalige Geschehen total intensiv nacherlebt. Ob Veronika tief im Innern etwas davon gespürt und deshalb auf die Idee mit dem Eis gekommen war?

Schweigend laufen die beiden nebeneinander her.

„Waffel oder Eisbecher?“, fragt Veronika, als sie bei der Eisdiele angekommen sind.

„Waffel“, entscheidet sich Lulu. „Dann können wir noch ein bisschen weiter spazieren gehen.“

„Ja, gute Idee“, findet Veronika.

Mit zwei großen Waffeln Eis in der Hand, schlendern die beiden langsam wieder in den Park zurück.

Veronika ist überrascht, dass sie sich in Gegenwart dieses Mädchens so wohl fühlt. Zwischen ihr und dem Mädchen besteht eine Verbindung, deren Bedeutung sich ihr nicht erschließt. So ist sie auch nicht besonders erstaunt, als Lulu unverblümt an ihre Frage aus der U-Bahn anknüpft: „Magst du mir jetzt erzählen, was dich gestern in der Bahn so traurig gestimmt hat?“

„Du bist ganz schön hartnäckig!“, lacht Veronika. „Also gut, ich erzähl dir alles. Aber zuvor musst du mir wenigstens sagen, wie du heißt.“

„Ich bin Lulu.“

„Veronika“, stellt sich diese vor und weiß das geheimnisvolle Lächeln seitens Lulu nicht so recht zu deuten.

Etwas zögerlich fängt Veronika an, zu erzählen.

„Also, ich hatte einen richtig heftigen Streit mit meinem Mann. Und gestern in der Bahn rief er an, aber ich war noch zu enttäuscht und wütend um dran zu gehen.“

„Worüber habt ihr denn gestritten?“

„Ach, eigentlich ist es immer das Gleiche. Ich fühle mich einfach ausgenutzt von meiner Familie. Bin ständig für alle da, aber wenn ich mir dann mal Zeit für mich nehmen will, klappt das nie. Ich hatte mich mit einer Freundin zu einem Kinoabend verabredet und dann sind mein Mann und ich spontan zum Essen bei seinem Chef eingeladen worden und darauf hatte ich null Bock. Ich hasse dieses Smalltalk - Gelaber. Aber was soll ich schon machen. Natürlich geht sein Job vor!“

Lulu denkt an die kleine Veronika im Gartenlokal. Wie brav und folgsam sie gewesen war, nachdem sie ihren lebendigen ursprünglichen Wesensteil verloren hatte! *Das scheint auch heute noch so zu sein*, denkt Lulu bei sich. *Arme Veronika, nach außen macht sie einen so zielstrebigen und selbstbewussten Eindruck, doch im Grunde ordnet sie sich ihrer eigenen Familie genauso unter wie damals ihrer Mama.*

Lulu kommt es so vor, als würde in der jetzt erwachsenen Veronika immer noch die Kleine von damals stecken, wie sie völlig verängstigt und verloren in der Toilette des Gartenlokals gestanden hatte. In diesem Moment wünscht sich Lulu nichts sehnlicher, als eine Wiedervereinigung dieser Frau mit der von Custos behüteten quietschlebendigen Veronika.

Wie stelle ich das bloß an?, fragt sich Lulu und mit Unbehagen wird sie sich ihrer Ratlosigkeit bewusst.

Lulu erspürt die tiefe Kluft zwischen dem kleinen authentischen Mädchen bei Custos und der erwachsenen Veronika, die tapfer ihre Fassade der Coolness und Selbstsicherheit aufrechterhält.

Kein Wunder, denkt Lulu mitfühlend, *dass Veronika alles tut, um gemocht zu werden. Wie soll sie nach den Erfahrungen als kleines Kind darauf vertrauen, dass ihre Familie sie auch dann liebt, wenn sie es ihnen nicht ständig recht macht.*

Lulu wird von Veronika in ihrem Gedankengang unterbrochen, die in jetzt ärgerlichem Ton ihre Erzählung fortsetzt: „Also habe ich wieder mal Ja gesagt und brav meine Verabredung sausen lassen. Ich weiß auch nicht, warum ich nie Nein sagen kann. Manchmal verabscheue ich mich dafür richtig, aber irgendwie denke ich immer, dass meine Vorhaben nicht so wichtig sind. Schließlich verdient Michi ja das meiste Geld, also geht sein Job und seine Karriere vor!“

„Was machst du denn beruflich?“, fragt Lulu.

„Ich bin Tierphysiotherapeutin, aber es ist nicht so einfach, in diesem Bereich Aufträge zu bekommen. Dazu müsste ich endlich mal eine eigene Praxis einrichten und übers Internet werben. Ab und zu behandle ich Hunde und Katzen aus dem weiteren Bekanntenkreis, aber davon kann man ja nicht leben.“

„Wie schön“, ruft Lulu aus, „ich liebe Tiere. Das ist ein toller Beruf!“.

Veronikas Augen haben jetzt angefangen zu leuchten.

„Oh ja“, greift Veronika die Begeisterung Lulus mit sehnsüchtiger Stimme auf. „Ich würde so gerne mehr Tiere behandeln. Ich liebe es einfach, mit Tieren umzugehen! Es macht mich richtig froh, wenn ich ihnen mit meiner Methode helfen kann und damit dann auch noch ihre Besitzer glücklich mache!"

Veronika strahlt Lulu an und diese fühlt sich direkt an die grünen, freudestrahlenden Augen der bei Custos verweilenden Kleinen erinnert. Plötzlich ist Lulu nicht mehr ratlos. Sie weiß jetzt was zu tun ist: Veronika in dem unterstützen, was sie gerne macht, ihre Begeisterung entfachen, ihre Freude an ihrem Beruf wiederbeleben.

Und direkt an Veronika gewandt ruft sie aus: „Du wirkst so glücklich, wenn du von deinen Tieren erzählst! Deine Augen leuchten richtig! Wie als wärst du grad ein ganz anderer Mensch!"

Veronika schaut Lulu erstaunt an und ist blass geworden. Ihr Innerstes ist in Aufruhr. Erst heute Mittag hatte sie das Leuchten in ihren Augen so vermisst. Und plötzlich scheint es wieder da zu sein. Jetzt, wo sie Lulu von ihrem Beruf erzählt.

Das ist der richtige Weg, denkt sie aufgeregt. *Ja, ich werde mich wieder mehr um mich und meine Träume kümmern*!

Doch gleichzeitig spürt Veronika, wie wahnsinnig schwer es ihr fällt, nicht ununterbrochen für ihre Familie zur Verfügung zu stehen. Sie weiß, dass sie zu sich und ihren Träumen erst dann zurückfindet, wenn sie viel öfter konsequent Nein sagt. Doch allein bei dem Gedanken, dies umzusetzen, macht sich eine tiefe Beunruhigung in ihr breit und ihr wird flau im Magen.

„Warum habe ich nur eine so furchtbare Angst, meine Wünsche stärker zu vertreten und einfach mal nicht das zu machen, was alle von mir erwarten?“, seufzt sie an Lulu gewandt.

Veronikas Stimme ist jetzt fast ein bisschen weinerlich geworden. Sie bemerkt es selbst und hasst sich im gleichen Moment dafür. Was jammert sie hier so rum? Im Grunde geht es ihr doch bestens. Alles läuft, alle sind gesund, ihr Mann liebt sie - na ja, mehr oder weniger -, ihre Tochter macht ihr Ding, ist auch schon relativ selbständig.

In Veronika breitet sich jetzt kalte Verachtung und Ablehnung ihr selbst gegenüber aus.

Doch Lulu schaut sie nur liebevoll und verständnisvoll an. Da ist keinerlei Bewertung in ihrem Blick, nur Wärme.

Veronika, von Lulus mitfühlender Warmherzigkeit zutiefst berührt, wird unvermittelt traurig und ehe sie sich fangen kann, laufen ihr schon die Tränen über die Wangen. Doch so schnell, wie dieses Gefühl der Traurigkeit in ihr hochgeschossen war, ist es verschwunden. Veronika ist jetzt wieder gefasst, aber tief in ihrem Herzen hat sich etwas bewegt. Eine Sehnsucht hat sich kurz den Weg nach oben gebahnt, eine Sehnsucht nach leuchtenden Augen.

Veronika schaut auf die Uhr. „Oh“, ruft sie aus, „meine Mutter wartet bestimmt schon auf mich! Sie hatte einen Arzttermin und ich muss sie jetzt gleich wieder abholen.“

Lulu hat sofort das Bild der damals jungen Mutter vor Augen und versucht sich vorzustellen, wie sie jetzt aussieht. *So wie derzeit Veronikas Oma?*

Noch immer nachdenklich sieht Lulu Veronika an: „Ich finde es sehr schön, dass wir uns getroffen haben."

Diese lächelt und nickt zustimmend: „Bist du öfter im Park? Ich würde mich freuen, dich wieder zu sehen!"

„Ja! Wir sehen uns bestimmt bald wieder!"

Grübelnd wandert Lulu durch den Park und lässt das Gespräch nachwirken.

Lulu ist richtig erschrocken darüber, wie gnadenlos Veronika ihre verängstigte Seite, dieses immer noch in ihr steckende, völlig verunsicherte Kind aus dem Gartenlokal, verachtet.

Und intuitiv wird Lulu klar: Solange Veronika die verängstigte Kleine in sich dermaßen verabscheut, gibt es in ihr auch noch kein Zuhause für die bei Custos weilende ursprüngliche und lebendige Veronika.

Puh, das wird nicht einfach werden, denkt Lulu bei sich.

9

Es ist Abend. Lulu und Pedro sitzen in dem kleinen Gärtchen vor Pedros Haus und lauschen dem Gesang der Vögel.

Lulu betrachtet Pedros dunkle Locken, die einen Kontrast zu seinen blauen Augen bilden und denkt über ihn nach. In ihm schlummert ein Künstler, da ist sich Lulu sicher. Aber er traut sich einfach nichts zu. Und wenn er sich dann doch mal an die Kunst wagt, macht er mit seiner gnadenlosen Selbstkritik alles zunichte. Dann zerreißt er sein Gemälde oder zertrümmert die modellierte Figur. Kein Wunder, dass es Pedro so schwerfällt, seinen Job zu kündigen. Dort hat er die Dinge im Griff und dort ist er erfolgreich. Lulu weiß, wie sehr es Pedro verlockt hat, sich einen anderen Job zu suchen, bei dem seine künstlerischen Fähigkeiten besser zum Einsatz kommen. Aber die Vorstellung, die sichere Arbeitsstelle zu kündigen, hatte Pedro nachts den Schlaf geraubt. Dann hatte ihm dieses Theater von Ego Puppenspieler wieder Halt und eine klare Richtung gegeben. Er hatte Sicherheit zurückgewonnen, aber die kreative Seite fürs Erste begraben. Und gleichzeitig begraben ist das Lächeln in seinen Augen.

Aber Lulu wäre nicht Lulu, wenn sie nicht schon eine Idee hätte, diesen vergrabenen Schatz wieder auszuheben.

Nachdem Pedro eine Zeitlang den Vögeln zugehört hat, knüpft Lulu an das fröhliche Vogelgezwitscher an: „Ich habe heute Morgen in einer der Zeitschriften geblättert, die auf deinem Küchentisch herum lagen. Hast du den Artikel über Konrad Lorenz schon gelesen?“

„Nein“, schüttelt Pedro etwas resigniert den Kopf. „Wann denn – ich komme ja zu nichts mehr!“

Lulu geht auf diese Bemerkung wohlweislich nicht ein, sondern fährt fort: „Ich fand es total spannend, was Konrad Lorenz zum Vogelgesang herausgefunden hat.“

„Dann wirst du mir ja gleich davon erzählen, nehme ich an.“

„Klar“, schmunzelt Lulu und schaut Pedro dann fragend an: „Wann, meinst du, singt der Vogel am besten?“

„Ich schätze mal, wenn er sein Weibchen anlocken will“, grinst Pedro.

„Ja, genau das hätte ich auch gedacht“, entgegnet Lulu lachend. „Aber das stimmt nicht. Der Vogel nutzt seine Singkünste zwar auch zum Balzen oder wenn er sein Revier verteidigt. Doch merkwürdigerweise singt er genau da nicht am besten!“

„Echt?!“, staunt Pedro. „Wann denn dann?“

Lulu lächelt. „Der gute Konrad Lorenz hat tatsächlich herausgefunden, dass der Vogel – genauso wie der Mensch – dann seine Höchstleistung erbringt, wenn er total entspannt, rein spielerisch, ohne jegliche Absicht vor sich hin singt.“ Lulu hält kurz inne und denkt laut nach: „Er hatte das so schön ausgedrückt! Ach ja, jetzt fällt es mir wieder ein: Der Vogel singt dann am allerbesten, wenn er irgendwie entrückt ist, selbstvergessen, den Ernst des Lebens hinter sich lassend."

Lulu sieht Pedro an, dass er sich von dieser Erkenntnis genauso hat berühren lassen wie sie.

„Das ist schön, nicht wahr?", flüstert sie ihm ins Ohr.

Pedro sieht sie etwas traurig an. „Ja", stimmt er zu und schaut grübelnd vor sich hin.

„Du hast gar nicht mehr gemalt, seit wir uns zum letzten Mal gesehen haben, oder?", will Lulu jetzt von ihm wissen. „Jedenfalls habe ich keine neuen Bilder von dir gesehen und ich liebe deine Malereien so!"

Pedro schaut sie etwas frustriert an: „Ach Lulu, ich glaube, du bist wirklich die Einzige, die von meinen Bildern so begeistert ist. Und ich komme jetzt einfach nicht mehr dazu, weil ich noch mehr arbeite als vorher und abends auch den Kopf nicht frei habe für so einen Firlefanz."

„Fir-le-fanz", wiederholt Lulu und betont dabei jede Silbe. „Empfindest du diesen wunderschönen Vogelgesang auch als Firlefanz?"

„Nein, natürlich nicht!"

„Aber warum dann bei dir?", ruft Lulu aus. „Deine Malerei und deine tollen Plastiken, das macht dich doch aus, das bist voll und ganz du! Das bist du, wenn du spielerisch, mit Leichtigkeit ran gehst. Gib das nicht auf, Pedro, bitte! Sonst besteht dein ganzes Leben nur noch aus Funktionieren. Aber überlege doch mal, für wen oder was du da überhaupt funktionierst. Und", fährt Lulu nachdrücklich fort, „ich glaube nicht, dass das Theater dir den richtigen Weg aufgezeigt hat. Du meinst vielleicht, mehr Sicherheit gewonnen zu haben. Aber willst du wirklich nur das? Wo bleibt da die Freude, die Lust, dein seelisches Gleichgewicht?“

Lulu sieht Pedro an, dass sie ihn ins Herz getroffen hat. Sie überlässt ihn der Wirkung ihrer Worte und zieht sich leise zurück.

10

Wie versprochen hat Melanie Croissants mitgebracht. Sie und Lulu sitzen auf ihrer Bank im Park und lassen sich die feinen Hörnchen schmecken.

„Ich konnte es kaum erwarten, dich wiederzusehen, Lulu!“ Melanies Stimme klingt aufgeregt. „Ich muss dir unbedingt was erzählen!“

Lulu schaut sie erwartungsvoll an.

„Also, Lulu, mich hat unser gestriges Gespräch total beeindruckt und stell dir vor: Ich habe die beiden Kleinen ins Bett gebracht, weil meine Nichte noch arbeiten musste. Dann fing die kleine Barbara plötzlich an zu weinen. Sie schluchzte, dass sie ihren Papa sehen will und dass ihr Papa jetzt sofort kommen soll. Ich fing an, beruhigend auf sie einzureden, dass der Papa ja am Wochenende kommt, dass das doch gar nicht mehr lange ist, dass es im Moment nun mal nicht geht, und so weiter. Ja und dann lag mir schon der Satz auf der Zunge, dass doch alles gar nicht so schlimm ist. Aber gerade noch rechtzeitig fiel mir das Gespräch mit dir ein, und so schaltete ich um und versuchte, mich völlig in die Kleine hineinzuversetzen und ihr mein Mitgefühl zu zeigen. Als ich ihr dann bestätigte, dass ich weiß, wie sehr sie sich wünscht, dass ihr Papa da ist, schluchzte sie noch mehr und schrie, dass er jetzt da sein solle, jetzt sofort! Und wieder dachte ich an dich, Lulu, und bestätigte ihr einfach nur, wie sehr sie ihren Papa vermisst und dass ich so gut verstehe, dass sie unbedingt möchte, dass er jetzt sofort da ist. Ich ließ mich wirklich ganz und gar auf ihr Gefühl ein und zeigte ihr, dass ich weiß, wie traurig sie ist und dass ich für sie da bin. Und du glaubst nicht, Lulu, was dann passiert ist! Es war, als hätte sich in Barbara ein Schalter umgelegt. Denn plötzlich guckte sie mich noch mit Tränen in den Augen an und fragte: ‚Gehen wir morgen reiten? Das wollten wir doch machen, oder?‘ Und dann freute sie sich richtig aufs Reiten und alles war gut, für diesen Moment jedenfalls. Also Lulu, ich bin dir richtig dankbar und ich werde auch so bald wie möglich versuchen, meiner Nichte diese Erkenntnis weiter zu geben."

Lulus Augen leuchten vor Freude über Melanies Erlebnis.

Aber diese hat noch etwas Anderes auf dem Herzen: „Du hattest mich gestern gefragt, Lulu, warum sich Annemarie so schuldig fühlt. Deine Frage kam so unschuldig daher."

Melanie und Lulu lachen jetzt beide über das unbeabsichtigte Wortspiel. Doch dann wird Melanie wieder ernst.

„Für mich und meine Nichte sind Schuldgefühle schon etwas so Natürliches, fast Selbstverständliches, dass mir deine Frage danach fast seltsam vorkam. Ist doch klar, dass sie sich schuldig fühlt, hätte ich fast gesagt. Doch deine Frage hat auch etwas in mir angestoßen. Vielleicht ist ja tatsächlich niemand irgendjemand anderem etwas schuldig. Das Ganze mit der Schuld erscheint mir manchmal wie ein verfluchtes Konstrukt, welches es in Wirklichkeit gar nicht gibt, wie ein riesengroßer Irrtum der Menschheit, der nur zu Selbsthass und dadurch zu noch mehr Gewalt in der Welt führt."

Melanie redet sich jetzt in Rage: „Warum sollte Annemarie ihren Kindern etwas schuldig sein. Sie hat ihnen das Leben geschenkt und sie ist für sie da. Das muss doch reichen! Ich habe manchmal das Gefühl, dass diese Schuldgefühle, woher sie auch immer kommen mögen, wie eine Mauer sind, die verhindern, dass Freude in unser Leben kommt."

Lulu hört die Wut in der Stimme ihrer neuen Freundin und denkt bei sich: *Puh, das scheint nicht nur für Annemarie, sondern für Melanie selbst ein brennendes Thema zu sein!*

Mit dieser Vermutung liegt Lulu nicht verkehrt, denn Melanie plagt sich seit dem Tod ihres Mannes mit schweren Selbstvorwürfen. Auch jetzt denkt sie an ihren verstorbenen Mann und fühlt direkt den Stachel der Schuld. Hätte sie ihn doch nur mit dem Auto abgeholt, so wie sie es ursprünglich vereinbart hatten, dann würde er heute hier neben ihr sitzen. Er hatte ja nicht zum ersten Mal unter Schwindelanfällen gelitten. Sie hätte wissen müssen, dass der Weg auf dem schmalen Bürgersteig gefährlich für ihn war.

Lulu ist nicht entgangen, wie Melanies Wut in tiefe Verzweiflung umgeschlagen ist. Sie stellt sich vor, wie die von Custos beschriebenen Schuldgefühle-

Nagetierchen in Melanie hinein kriechen und ein Schauer läuft ihr über den Rücken.

Doch plötzlich hat Lulu ein anderes Bild vor Augen, ohne zu wissen, woher dieses gekommen ist. Ein Lächeln huscht über ihr Gesicht, als sie Melanie davon erzählt.

„Ich hatte eben eine schöne Phantasie. Du warst ein Stern am Himmel und bist gerade - einfach so - auf die Erde gefallen. Es gibt nur dich und diese Welt, die es zu erkunden gibt. Du hast keine Vergangenheit und keine Verpflichtungen und kannst voll unschuldiger Neugierde das Schöne dieser Welt genießen, bist völlig frei, zu tun und zu lassen, was du willst."

Während Melanie gebannt Lulus Worten lauscht, entspannt sich ihr Körper zunehmend. Ihre Gesichtszüge sind weich geworden.

Ein leicht schelmisches Lächeln breitet sich in Lulus Gesicht aus, als sie fortfährt:

„Ich bin mir sicher, dass sich Gott oder wie auch immer man die Schöpfung des Ganzen nennen möchte, das ursprünglich ungefähr so vorgestellt hat."

Schweigend und nachdenklich sitzen die beiden eine Zeitlang beieinander. Dann sieht Melanie auf ihre Uhr und steht auf.

„Ich bin richtig glücklich, dass wir zwei uns kennen gelernt haben, Lulu! Leider bin ich morgen nicht hier. Aber sehen wir uns übermorgen wieder?"

„Gerne", nickt Lulu erfreut. „Wenn ich im Park bin, schaue ich nach dir. Ich weiß ja, wo ich dich finde."

11

Als Melanie aus ihrem Blickfeld verschwunden ist, schaut Lulu sich um. Der Park hat sich mit Menschen gefüllt, die ihre Mittagspause hier verbringen. Da sieht sie Stefan, ein guter Freund von Pedro, und läuft erfreut auf ihn zu.

Stefan ist Anwalt in einer Großkanzlei und arbeitet dort mindestens 10 Stunden am Tag. Doch seine Mittagspause im Park ist ihm heilig, selbst wenn noch so viel Arbeit ansteht. Und dort hatte Lulu ihn vor ein paar Monaten kennengelernt. Sie war mit Pedro zusammen im Park unterwegs gewesen und Stefan hatte sich zu ihnen gesellt. Schnell hatte sich ein Gespräch zwischen den beiden entwickelt und sie hatten sich für den nächsten Tag verabredet, um ihre Unterhaltung fortzusetzen. Es folgten einige Mittagspausen mit weiteren Gesprächen, deren Tiefgang Stefan immer wieder verblüfft hatte.

Als Stefan Lulu sieht, springt er auf. Er freut sich riesig, sie zu sehen. Ihm gefällt die Offenheit Lulus und ihre unkonventionelle Art, Fragen zu stellen. Er kennt niemanden, der so unvoreingenommen die Welt betrachtet wie sie. Nach jedem Zusammentreffen hatte sich Stefan erneut darüber gewundert, was er Lulu jetzt schon wieder alles von sich erzählt hatte. Dieses Mädchen war so anders. Sie kam ihm manchmal vor wie ein Engel, ein guter Geist, der seine Seele beleuchtete.

„Lulu“, ruft er freudig, „dich habe ich ja schon gefühlte Jahrhunderte nicht mehr gesehen! Wie geht es dir?“

„Bestens“, lacht Lulu, aber dann wird sie ernst, als sie ihn genauer betrachtet.

Auf den ersten Blick sieht Stefan aus wie immer. Schon die letzten Male war Lulu aufgefallen, wie sehr sich Stefan von den anderen Anwälten unterscheidet. Im Gegensatz zu seinen eher kurz geschorenen Kollegen trägt er die Haare halb lang, meist mit einem Gummi hinten zusammen gebunden. Am liebsten hat er Jeans an und zieht damit – wie Lulu aus Erzählungen von Stefan weiß - immer mal den missbilligenden Blick seines Chefs auf sich. Doch wird ein schickes Sakko aus Leinen dem Anforderungsprofil bei Mandantenbesuchen wieder gerecht und besänftigt zudem den Chef. Dabei ist sich Lulu sicher, dass ohnehin keiner von Stefans Mandanten und schon gar nicht Mandantinnen auf seine Kleidung achten. Denn seine hellgrünen, von dunklen Wimpern eingerahmten Augen fangen jeden Blick auf und lassen ihn nicht so schnell wieder los.

Doch heute hat Stefan tiefe Ringe unter den Augen, bemerkt Lulu. Das hat sie ja bei ihm noch nie gesehen! Und unverkennbar haben sich da einige graue Haare in seine Haarpracht eingeschlichen.

„Du siehst ganz schön müde aus, Stefan“.

Stefan lacht. „Also weißt du, Lulu, das hat mir wirklich gefehlt, dass du mir sagst, wie müde ich aussehe. Außer dir interessiert das hier nämlich keine Socke!“

Lulu beobachtet Stefan genau. Der Sarkasmus seines Lachens und der leicht verbitterte Zug um die Mundwinkel sind ihr nicht entgangen.

„Geht es dir nicht gut?“, fragt sie besorgt, denn etwas an Stefan erscheint ihr verändert. Trotz der vielen Arbeit war er immer fröhlich gewesen. Bei ihm hatte sie das Gefühl, er gehöre zu den wenigen Menschen, die glücklich sind, obwohl sie beruflich äußerst eingespannt sind.

„Ach Lulu, das ist irgendwie schwer zu beschreiben. Seit einigen Wochen ist mir alles zu viel. Ich habe keine Lust mehr auf die Arbeit hier in der Kanzlei und mein Körper macht nicht mehr so mit wie früher. Dauernd Kopfschmerzen, Tinnitus, nachts schlafe ich schlecht, beim Laufen mache ich schneller schlapp. Den Marathon kann ich knicken, wenn das so weiter geht!“

Lulu schaut Stefan nachdenklich von der Seite an.

„Vielleicht bist du in einer Art Umbruch, willst womöglich ganz was Neues. Jedenfalls hört sich das für mich so an. Und“, ergänzt Lulu mit einem schelmischen Grinsen, „es scheint, als willst du das absolut nicht wahrhaben.“

„Geht’s vielleicht ein bisschen taktvoller?“, bemerkt Stefan, lacht sie dabei aber herzlich an.

Lulu schmunzelt. Sie liebt diesen Humor.

„Willst du noch was hören?“, grinst sie.

„Was bleibt mir schon anderes übrig!“ Stefans Lächeln ist etwas schief geworden. Er ahnt, was auf ihn zukommt.

„Tinnitus, Schlafstörungen, Schlappheit“, zählt Lulu nochmal auf. „Das alles zeigt doch, dass deine Seele eine Veränderung will!“

„Na toll, ich habe schon befürchtet, dass so etwas jetzt von dir kommt“, erwidert Stefan halb lachend, halb ernst. „Aber, Lulu, ich weiß überhaupt nicht, wo ich ansetzen soll. Weniger Arbeit ist unmöglich. Hier bei uns arbeitet keiner unter zehn Stunden am Tag und ich werde sowieso schon schief angeguckt, weil ich in letzter Zeit gelegentlich früher gehe. Und das Laufen möchte ich auch nicht streichen. Sonst gehe ich noch auf wie ein Hefekloß. Schau sie dir an, meine Kollegen.“ Stefan deutet mit dem Kinn in Richtung einer Parkbank, wo zwei seiner tatsächlich gut beleibten Mitarbeiter ihren Döner verdrücken.

„Tja“, seufzt Lulu, „ich kann dich ja verstehen, Stefan. Was hältst du von einer Auszeit? Mal ganz raus aus dem Laden hier. Mindestens ein halbes Jahr, damit du mal hören kannst, was deine Seele dir sagen möchte!“

„Auf meine Seele hören“, brummelt Stefan, um dann grinsend fortzufahren: „Das kann ich ja mal meinen Kollegen erzählen, dass ich Zeit brauche, um mit meiner Seele zu quatschen. Die halten mich für völlig durchgeknallt, Lulu. Das sind Anwälte!!“

Lulu schaut zur Parkbank hinüber. „Vielleicht passen sie ja nicht mehr zu dir, deine Kollegen“, stellt sie nachdenklich fest. „Du warst schon immer ein bisschen anders als sie. Und vielleicht ist ja jetzt etwas ganz Anderes dran, was Neues! Ist doch egal, was du ihnen erzählst. Kannst du nicht sagen, du bist krank und brauchst eine Auszeit?“

Stefan zuckt bei dem Wort ‚krank‘ kurz, aber merklich zusammen.

„Nein, das geht nicht“, platzt es aus ihm heraus. „Die wollen hier einen Anwalt, der funktioniert und bloß keine Schwächen zeigt, also krank, das passt ganz und gar nicht. Da müsste ich mir schon etwas anderes überlegen.“

Lulu sieht zu dem Hochhaus hinüber, in welchem 80 Anwälte ihr „Zuhause“ haben. Vor ihrem geistigen Auge laufen hier nicht nur Fäden, sondern fette Seile direkt zu Ego Puppenspieler. Sie kramt in ihrem Gedächtnis nach den Fragen, die Custos ihr mitgegeben hatte. Fast im gleichen Moment fällt ihr Auge auf Artemis, die - elegant durch die hohen alten Bäume des Parks gleitend - auf die beiden zugeflogen kommt.

Auch Stefan hat die Eule staunend beobachtet und sein Herz macht einen kleinen Aussetzer, als sich das Tier auf seiner Schulter niederlässt. Ein warmes Gefühl durchströmt ihn und er schaut Lulu beglückt an.

Lulu freut sich darüber, welche Wirkung das Erscheinen der Eule auf Stefan ausübt.

„Hallo, Artemis“, begrüßt sie ihre Freundin und ist nicht minder erfreut, sie hier zu sehen. Lulu schaut in ihre Augen und fragt sie im Stillen: „Welche Frage?“

Mit Artemis Antwort wendet sich Lulu direkt an Stefan: „Wie oft am Tag empfindest du Freude?“

Dieser ist etwas überrumpelt, aber dann denkt er laut nach: „Morgens, wenn ich meine erste Tasse Kaffee ins Bett hole und dann, wenn meine Katze auf meinen Schoß springt und sich kraulen lässt. Und ich freue mich, wenn ich auf dem Fahrrad sitze und in die Kanzlei radle, natürlich auch, wenn mich meine Sekretärin beim Reinkommen anlächelt. Ja, und dann hocke ich an meinen Fällen und Verträgen und dabei freue ich mich eigentlich nur, wenn mir eine schlaue Formulierung einfällt oder wenn ich die Nachricht bekomme, dass ich einen Fall gewonnen habe. Und dann kommt die Freude wieder in der Mittagspause, wenn schönes Wetter ist und ich hier im Park sitze und natürlich ganz besonders, wenn du auftauchst und dann“, Stefan lässt den Blick auf Artemis fallen, „auch noch so ein toller Vogel auf meiner Schulter landet. Das ist natürlich Freude pur!“

In Gedanken geht Stefan seinen Tagesablauf weiter durch und das Leuchten in seinen Augen verlischt. Da bleibt nur Arbeit und abends ist er dann oft zu müde, um überhaupt etwas zu empfinden. Die After-Work-Treffen mit seinen Kollegen sind für ihn eher anstrengend und Freude empfindet er dann meist erst wieder, wenn er sich in sein Bett sinken lässt.

Lulu hat Stefan bei seinem weiteren Gedankengang beobachtet und dieser weiß, dass er Lulu nichts mehr zu erzählen braucht. Er schaut auf die Uhr. Die Mittagspause ist längst vorbei.

„Puh, Lulu, da hast du mir ja wieder ganz schön viel zum Nachdenken gegeben!“

Und mit einem ironischen Grinsen fährt er fort: „Ich werde dann mal Kontakt mit meiner Seele aufnehmen.“

Bei diesen Worten erhebt sich Artemis und fliegt genauso elegant, wie sie erschienen ist, wieder von dannen.

Als Stefan ihr gedankenverloren nachschaut, wendet sich Lulu erneut an ihn: „Weißt du, eigentlich hast du doch gar nichts zu verlieren. Du hast diesen Arbeitsplatz, weil du das kannst, was du da tust. Auch wenn du dir jetzt eine Auszeit nimmst, du findest jederzeit wieder einen Job - wenn nicht bei dieser Kanzlei, dann eben bei einer anderen!“

12

Nachdem Stefan sich von Lulu verabschiedet hat und im Anwaltshochhaus verschwunden ist, fühlt sich Lulu ein bisschen erschöpft. Sie lässt sich auf einer Parkbank nieder, schließt die Augen und denkt über ihre Mission nach. Es ist eine ehrenvolle, aber verdammt anstrengende Aufgabe, die sie da übertragen bekommen hat.

Lulu beschließt, jetzt erstmal gemütlich zu Pedro nach Hause zu schlendern und dort ein Mittagsschläfchen zu halten. Da bleibt ihr Blick an einer Frau hängen, die auf der gegenüberliegenden Parkbank sitzt. Lulu kramt in ihrem Gedächtnis. Sie kennt diese Frau. Mit einem Mal fällt ihr das Gespräch wieder ein, welches sie vor einiger Zeit mit ihr geführt hatte.

„Hallo, Madame Gonzales“, ruft Lulu erfreut und setzt sich neben sie auf die Bank. Doch sie erschrickt, als diese Lulu anschaut. Lulu sieht nur Traurigkeit und Verzweiflung in ihrem Blick. Das war in ihrem letzten Gespräch völlig anders gewesen. Madame Gonzales hatte damals über das ganze Gesicht gestrahlt, als sie ihr erzählt hatte, dass sie sich ein Häuschen direkt am Meer gekauft und damit endlich ihren Lebenstraum erfüllt hatte.

Lulus Stimme ist anzuhören, wie erschrocken sie ist, als sie ausruft: „Was ist denn passiert? Sie sehen so traurig aus!“

Madame Gonzales ist über diese doch recht unverblümte Ansprache etwas irritiert. Doch sie hat Lulu und ihre direkte Art ja schon kennengelernt. Frustriert schaut sie Lulu an: „Ach Lulu, das ist keine gute Zeit für mich. Ich bin doch nicht befördert worden. Die Stelle hat mein Kollege bekommen. Scheinbar tauge ich halt doch nicht für diesen Job. Und meine Familie lässt mich total hängen. Nichts mehr höre ich von denen, schon seit Wochen nicht. Selbst meinen Geburtstag haben sie einfach vergessen."

„Aber du hast dich doch so sehr über dein Haus am Meer gefreut!", ruft Lulu. „Das wolltest du doch in vollen Zügen genießen und ohnehin so viel Zeit wie möglich dort verbringen."

„Ja, schon", seufzt Madame Gonzales wehmütig, „aber da haben mich meine Freunde auch im Stich gelassen. Erst hatten mir alle versprochen, beim Ausbau zu helfen, aber dann, als es ernst geworden ist, hatte plötzlich keiner mehr Zeit."

„Aber wo ist denn nur deine Freude geblieben?", hakt Lulu nach. „Immerhin hast du dir doch mit diesem Häuschen deinen Lebenstraum erfüllt!"

Madame Gonzales schaut Lulu sichtlich irritiert an:

„Hm, ja, ich weiß auch nicht. Eine Zeitlang habe ich mich wirklich gefreut. Jeden Morgen bin ich raus auf meine Terrasse und mir ist das Herz regelrecht aufgegangen, als ich auf das Meer hinaus geschaut habe."

Bei diesen Worten leuchten die Augen von Madame Gonzales sogar wieder etwas auf. Doch schnell erlischt der Glanz, als sie nachdenklich feststellt: „Doch irgendwann habe ich mich an diesen wunderschönen Anblick einfach gewöhnt. Ehrlich gesagt habe ich das Meer morgens gar nicht mehr richtig wahrgenommen. Und so ist mir die Freude am Meer wohl nach und nach verloren gegangen."

Lulu schaut Madame Gonzales traurig an. Dieses Phänomen der Gewöhnung ist ihr bei den Menschen generell aufgefallen.

„Na ja", beendet Madame Gonzales ihren traurigen Monolog, „jetzt hat mich das Leben halt wieder eingeholt. So ist das nun mal, keine Freude hält auf ewig." Und bevor Lulu darauf antworten kann, fährt sie hastig fort: „Ich muss jetzt gehen, Lulu. Mach´s gut und bis zum nächsten Mal!"

Lulu schaut der frustrierten Madame Gonzales nach, als diese mit hängendem Kopf den Park verlässt. Ihre letzten Worte ‚Keine Freude hält auf ewig' hallen in Lulu nach. Sie fragt sich, ob sich die Menschen anhaltender freuen könnten, wenn sie wieder mit ihrem bei Custos verweilenden Kind vereint wären. Die Kinder dort vermittelten einen so fröhlichen und unbeschwerten Eindruck. Wenn die Menschen eine solche Leichtigkeit wieder in sich trügen, bräuchten sie vielleicht gar kein besonderes Erlebnis, um sich zu freuen. Oder sie verlören die Freude über dieses Ereignis zumindest nicht so schnell wieder, wie die nun so frustrierte Madame Gonzales.

Lulu wird abrupt aus ihren Gedanken gerissen, als sie plötzlich ihren Namen hört. Sie schaut auf und vor ihr steht der nette ‚Ich bin dann mal weg- Herr'. Lulu freut sich, ihn zu sehen.

„Ich will dich gar nicht lange stören, Lulu", verkündet Walter. „Aber ich möchte dir unbedingt noch erzählen, dass meine Entscheidung jetzt gefallen ist. Ich werde den Jakobsweg gehen und bin gerade auf dem Weg zum Reisebüro, um den Flug zu buchen."

Und schon halb im Davoneilen ruft er Lulu zu: „Ich muss mich sputen, das Reisebüro macht gleich zu. Bis bald mal wieder!"

13

Langsam lässt sich Pedro von Lulus Lebensfreude und Zuversicht anstecken. Er hat wieder angefangen zu malen.

Doch sein Job kostet ihn seine ganze Energie und so fühlt er sich abends meist zu müde, um kreativ tätig zu werden.

Seine Abneigung gegen die Arbeitsstelle wächst täglich und wieder einmal beschließt er, seinen Job zu kündigen.

Pedros Ego ruft alle möglichen Abwehrmechanismen auf den Plan: von Minderwertigkeitsgefühlen bis hin zu Angstattacken.

Doch diesmal steht Lulu Pedro zur Seite. Unermüdlich macht sie ihm wieder Mut und setzt den Argumenten seines Kritikers ihren Optimismus entgegen.

Pedros Ego schlägt Alarm bei Ego Puppenspieler.

Zu spät, Pedro hat seinen Job gekündigt.

14

Ego Puppenspieler ist beunruhigt.

Er erhebt seine hagere, knochige Gestalt. Missmutig schleudert er ein paar dünne Haarsträhnen aus dem Gesicht, die ausgehend vom Mittelscheitel wie Schnittlauch einzeln über die dunklen Augen hängen.

Sein stechender Blick fällt auf seine schmalen Hände mit enorm langgliedrigen Fingern. Darin hält er zwei riesengroße Holzkreuze, von denen unzählige Fäden weglaufen.

Ego Puppenspieler betrachtet die vielen Strippen stirnrunzelnd. Über sie pflegt er ständigen Kontakt zu den Egos der Menschen und einige dieser Egos haben Alarm bei ihm geschlagen. Sie berichteten ihm, dass ihre Menschen anfangen, eigene Wege einzuschlagen. Statt auf die Warnungen ihres Egos zu hören, folgen sie mit einem Mal ihrer Intuition.

Und was er bei Melanie erlebt hatte, war alles andere als erfreulich: Da waren die Schuldgefühle, diese sonst so erfolgreichen schwarzen Nagetierchen, doch glatt wieder zurückgekrabbelt, statt sich in ihr einzunisten!

Selten erhebt sich Ego Puppenspieler aus dem großen Sessel in seinem Theater, von wo aus er die Puppen tanzen lässt und die Menschen in Schach hält. Aber jetzt ist er nervös geworden und marschiert auf und ab. Dabei läuft er etwas gebückt, weil er sonst aufgrund seiner immensen Länge an die Decke stoßen würde. Er denkt daran, wie er von einigen der Egos genauere Berichterstattung verlangt hatte und alle von demselben Schädlingsbefall namens Lulu berichteten. Dieses Mädchen hatte er selbst schon misstrauisch beäugt, aber die Reichweite ihres Einflusses hatte er völlig unterschätzt. Doch scheint eindeutig sie dafür verantwortlich zu sein, dass immer mehr Menschen ausscheren und sich nicht mehr alleine von ihrem Ego führen lassen.

Besonders missfallen hat Ego Puppenspieler der Bericht von Seiten des Pedro-Egos. Diesen Pedro hatte er doch bei seinem letzten Theater wieder fest in den Griff bekommen!

Ego Puppenspieler weiß, dass schnelles Handeln erforderlich ist. Denn wenn die Menschen nicht mehr auf ihr Ego hören, kann er auch mit seinen Fäden nicht mehr viel bewirken.

Allzu lange muss Ego Puppenspieler nicht nachdenken. Schon hat er die weitere Vorgehensweise vor Augen: Er wird Lulu einfangen. Er weiß, dass er es mit diesem Mädchen nicht leicht haben wird und seine Stirn legt sich in tiefe Falten, als er darüber nachdenkt, wie er sie in sein Theater bekommt, um endlich den Faden bei ihr zu setzen.

Ego Puppenspieler kramt in seiner Trickkiste und hat eine Idee: Auf der seelischen Ebene hat er eine Chance. Lulu liebt ihre Freunde über alles. Er braucht nur ihre Gefährten in sein Visier zu nehmen. Er wird diese wieder einfangen und diesmal kein Auge mehr von ihnen lassen. Solange er ihre Freunde unter seinen Fittichen hat, werden sie sich automatisch von Lulu distanzieren. So wird er das lästige Mädchen seelisch aushungern. Und er wird Lulus Gefährten so bearbeiten, dass sie Lulu mit in sein Theater schleifen. Dann stellt sich nur eine entscheidende Frage: Wo wird er bei ihr seinen Faden ansetzen?

Ego Puppenspieler hat Lulu schon länger in Beobachtung und weiß, dass sie an Macht, Besitz oder Anerkennung überhaupt nicht interessiert ist. Aber er ist sich sicher, dass es auch bei Lulu irgendeine Schwachstelle gibt. Dann dockt er seinen Faden eben genau dort an. Wenn er diese Lulu erstmal im Theater sitzen hat, wird er sich nur auf sie konzentrieren, direkt in ihre Seele schauen, ihren Schwachpunkt erkennen und genau dort den Faden befestigen.

Das ist ein guter Plan. Ein selbstzufriedenes Grinsen macht sich in seinem Gesicht breit.

Ego Puppenspieler macht sich voller Optimismus an die Arbeit und Pedro ist sein erstes Opfer.

15

Pedro ist verzweifelt.

Nach Kündigung seines Jobs hatte er sich auf die Malerei gestürzt. Zunächst hatte er sich wie von einer Zentnerlast befreit gefühlt und war glücklich mit seiner Entscheidung gewesen.

Doch jetzt hat er sich wieder eingeschlichen, sein innerer Kritiker und das mit einer Vehemenz, die selbst Pedro überrascht. Er weiß ja nicht, dass sich Ego Puppenspieler voll auf ihn konzentriert und ihm über seinen Faden unermüdlich übelste selbstzerstörerische Gedanken einimpft: *Du bist verrückt, dass du den gut bezahlten Job aufgegeben hast. Dieser Job war deine einzige Chance, es zu was zu bringen. So etwas bekommst du nicht so schnell wieder. Deine Malerei ist doch höchstens mittelmäßig! Wie in aller Welt willst du damit Geld verdienen? Nur weil du jetzt mal ein paar der Bilder ausgestellt hast, heißt das noch lange nicht, dass du nur ein einziges davon verkaufst! Niemals hättest du diesen Job aufgeben dürfen. Wie kann man nur so blauäugig sein. Das ist jetzt dein Ruin, selber schuld* und so weiter.

Immer, wenn Pedro ein paar Pinselstriche malt, wird er schon wieder unzufrieden, knüllt das Papier wütend zusammen und wirft es in die Ecke.

Je mehr angefangene Gemälde zerknüllt in der Ecke landen, desto panischer reagiert Pedro. Nichts klappt mehr, seit er gekündigt hat. Dabei müsste er doch jetzt, gerade jetzt, besonders kreativ sein!

Lulu macht ihm immer wieder mit Engelszungen Mut. Das wirkt dann kurz, doch diesmal behält Ego Puppenspieler die Fäden in der Hand und lässt das Pedro-Ego zur Höchstform auflaufen. Und so macht der zerstörerische innere Kritiker Pedros, verbunden mit stetig zunehmender Existenzangst, die Erfolge von Lulu immer wieder zunichte.

In Pedro tobt ein Krieg. Existenzängste und Minderwertigkeitsgefühle kämpfen erbittert gegen seinen Seelenwunsch, kreativ zu sein und dem Leben einen Sinn zu geben, der ihn erfüllt.

Als Lulu mal wieder versucht, Pedro aufzumuntern, kommt es zu einem heftigen Ausbruch von seiner Seite: „Du gehst mir wirklich auf den Zeiger, Lulu!", brüllt er plötzlich los. „Ich ertrage deinen Optimismus nicht mehr! Und dieses Geschwätz über meine Kreativität erst recht nicht. Du musst doch auch endlich kapieren, dass ich mein Geld nicht mit so gefühlsduseligen, mittelmäßigen Bildern verdienen kann! Und jetzt habe ich keinen Job mehr und weiß wirklich nicht, wie das weiter gehen soll!"

Als Lulu ihn nur traurig anschaut, fährt er sie an: „Jetzt guck nicht so vorwurfsvoll, verdammt noch mal!"

Lulu ruft Artemis und diese kommt sofort herbeigeflogen. Doch Pedro ist so aufgebracht, dass er eines seiner zerknüllten Kunstwerke aufhebt und damit nach der Eule wirft. „Und du blödes Drecksviech kannst auch wieder direkt verschwinden. Dich braucht wirklich kein Mensch!“

Pedro sieht rot, all sein aufgestauter Frust entlädt sich über Lulu, die jetzt froh ist, dass ihr wenigstens Artemis tröstend zur Seite steht.

Lulu weiß schon einzuordnen, dass dieser Ausbruch nur bedingt mit ihr zu tun hat. Hier wütet das innere, verängstigte und zutiefst verunsicherte Kind in Pedro. Trotzdem ist sie plötzlich todtraurig und ratlos. All ihre Mühen scheinen in das Gegenteil umgeschlagen zu sein. Mit einer der Fragen von Custos braucht sie jetzt nicht anzukommen. Dies würde nur dazu führen, dass Pedro noch alles kurz und klein schlägt.

Pedro ist inzwischen wieder zur Besinnung gekommen. Ihm ist etwas Beruhigendes eingefallen.

„Entschuldige, Lulu, das war nicht so gemeint.“. Bei diesen Worten schaut er auch Artemis um Verzeihung bittend an.

„Du, Lulu“, fährt er in gemäßigterem, aber nach wie vor zornigem Tonfall fort. „Es gibt heute Abend wieder eine Theateraufführung. Ich werde da hingehen, ganz sicher! Und diesmal kommst auch du mit, Lulu!“

Pedros Stimme hat bei den letzten Worten einen so drohenden Unterton angenommen, dass Lulu ihn mit weit aufgerissenen Augen erschrocken ansieht. Artemis gibt – ebenfalls erschreckt – einen leisen Warnton von sich.

Lulu schüttelt energisch den Kopf. In ihr kommt jetzt ein Gefühl hoch, das sie bisher gar nicht kannte.

„Du spinnst doch, Pedro!“, ruft sie aufgebracht. „Schlimm genug, wenn du dich wieder einwickeln lässt, aber ich werde bestimmt nicht in dieses Höllentheater, diese Schlangengrube gehen!“

Jetzt wird Pedro eiskalt: „Weißt du was, Lulu, wenn du da nicht mithin gehst, glaube ich dir kein Wort mehr. Wenn du dir dessen, was du sagst und machst, so sicher bist, wie du immer tust, dann kannst du auch mit in dieses Theater kommen. Dann dürfte dich nämlich so ein bisschen Theater wirklich nicht aus der Bahn werfen!“

Lulu fängt an zu frieren angesichts der Kälte in Pedros Stimme. Artemis tapst unruhig auf ihrer Schulter hin und her. Sie hat bereits die große Gefahr erkannt, die in Pedros Worten steckt.

Und dann schleudert Pedro Lulu eine letzte Drohung entgegen, die ihr die Tränen in die Augen schießen lässt: „Wenn du nicht mitkommst, brauchst du nie mehr bei mir zu erscheinen. Denn dann möchte ich mich auch nicht mehr deinem schädlichen Einfluss aussetzen.“

Als Pedro in die mit Tränen gefüllten Augen Lulus schaut, erschrickt er selbst zutiefst über seine Gemeinheit. Aber die Worte sind aus ihm herausgepurzelt, ehe er nachdenken konnte. Jetzt wird er todtraurig. Schnell wendet er den Blick ab. Zum Glück hat Lulu aber seine Tränen noch gesehen.

16

Lulu hat Pedros bisher so behagliches Häuschen verlassen. Artemis ist nicht mehr von ihrer Seite gewichen und flößt ihr unaufhörlich Wärme und Zuversicht ein, was Lulu jetzt dringend braucht. Denn es kommt noch schlimmer.

Im Park trifft Lulu Stefan, der trübsinnig vor sich hinschaut und sie nur mit einem müden Lächeln begrüßt. Alles an ihm, insbesondere seine abwehrende Körperhaltung, zeigt Lulu, dass er wenig Lust hat, mit ihr zu reden.

Dann trifft sie Walter, der ihr berichtet, dass er keinen passenden Flug zu dem von ihm geplanten Ausgangspunkt zum Start des Jakobsweges bekommen hat und das als Zeichen wertet, dieses Vorhaben fürs Erste zu streichen.

Und die nette Melanie ist wie vom Erdboden verschluckt.

Es ist, als hätte sich alles gegen Lulus Mission verschworen.

Die Worte Pedros hallen immer noch in Lulu nach. Und sie fangen an, in ihrem Kopf zu arbeiten. Hat Pedro nicht Recht mit seinem Vorwurf? Sie urteilt über etwas, was sie selbst nie erlebt hat. Und wovor hat sie Angst? Sie müsste doch der Beeinflussung von Ego Puppenspieler standhalten.

Doch da fällt ihr wieder die Situation auf dem Parkplatz ein. Was, wenn sie diesem Sog auch verfällt und hinterher wie alle anderen an den Fäden von Ego Puppenspieler festklebt? Dann wird sie nicht mehr in der Lage sein, ihre Mission zu erfüllen, und was wird dann aus all den verlorenen Kindern?

Wie gerne würde sie jetzt Custos um Rat fragen. Lulu nimmt Artemis von ihrer Schulter und setzt sie vor sich auf ihren Arm, um ihr direkt in die Augen zu schauen.

„Was meinst du, Artemis? Soll ich hingehen in dieses Theater?"

Die Eule legt den Kopf schief, aber ihre unergründlichen Augen geben Lulu keine Antwort.

„Du weißt auch nicht, ob ich gehen soll!", ruft Lulu mit aufsteigender Verzweiflung.

Plötzlich hört Lulu die Worte von Custos wieder in ihrem Kopf: *„Pass auf, dass du nicht selbst in die Fänge von Ego Puppenspieler gerätst, sei achtsam*". Und er hatte ihr zwei Warnzeichen genannt: *„Wenn dir die Freude des Augenblicks verloren geht und...*" Lulu überlegt. Was war nur das Zweite? Jetzt fällt es ihr wieder ein: *„...wenn du anfängst, deiner Intuition nicht mehr zu vertrauen.*"

Lulu versucht, ihre Intuition zu dieser Frage walten zu lassen, und plötzlich weiß sie, was sie zu tun hat: Sie wird sich Ego Puppenspieler und seinem Theater stellen.

Artemis breitet ihre Flügel aus und fliegt davon. Da fallen Lulu die Worte Custos als weiteres Warnzeichen ein: „*Und achte auf Artemis. Wenn sie nicht mehr bei dir bleibt, obwohl du sie rufst, ist Ego Puppenspieler in gefährliche Nähe gerückt.*“

Lulu strafft sich. Sie wird in dieses Theater gehen, aber dabei achtsam sein und die drei Warnzeichen ständig im Auge behalten.

17

Als Pedro sieht, dass Lulu auf dem Weg zum Theater ist, trifft ihn das schlechte Gewissen wie ein Schlag ins Gesicht. Wie hatte er nur so gemein sein können. Ihm ist übel und er hasst sich. Lulu war immer nett zu ihm gewesen und sie hatte für seinen Seelenwunsch gekämpft, auch wenn sich die Verwirklichung dieses Wunsches für ihn als nicht richtig herausgestellt hatte. Er selbst freut sich auf die Vorstellung. Endlich wird er wieder Sicherheit für sich gewinnen. Aber ob das Theater für Lulu das Richtige ist?

Lulu spürt, wie unglücklich Pedro sie anschaut und sie kämpft sich zu ihm durch, was bei dem Pulk von Menschen, die sich alle im Gleichschritt Richtung Theater bewegen, gar nicht so einfach ist.

Lulu nimmt die eiskalte Hand Pedros in ihre und drückt sie fest.

Pedro weint. Er kann gar nicht mehr anders, die Tränen laufen wie ein unaufhörlicher Strom über die Wangen. Lulu lässt seine Hand nicht mehr los, bis sie im Theater angelangt sind und setzt sich dort neben ihn. Sein Weinen berührt ihr Herz.

Doch für solche Gefühle bleibt kein Raum mehr, als mit tosender Musik der Vorhang aufgeht und das Puppentheater beginnt.

Auf die Bühne braust ein knallrotes Cabrio, bremst mit quietschenden Reifen und es entsteigt eine Puppe mit langen schwarzen Haaren, sexy gekleidet mit einem kurzen Rock, Jackett und High Heels. Sie scheint spät dran zu sein, denn hastig schnappt sie ihre Aktentasche und läuft – so schnell es ihre Absätze zulassen – in ein Hochhaus mit nobler Empfangshalle. Ihre Haltung ist aufrecht, ihr Gang federnd und ihre Locken wippen fröhlich bei jedem ihrer eiligen Schritte, ganz im Takt zu einer munteren Melodie, welche direkt gute Laune bei den Zuschauern auslöst.

Die Puppe strahlt Kraft und Leichtigkeit zugleich aus.

Lulu spürt, dass sich die Zuschauer sofort von dieser Energie angezogen fühlen. So wäre doch jeder gerne, so voller Kraft und Lebendigkeit.

Die schwarzhaarige Lady auf der Bühne lässt ihren Blick durch die Eingangshalle des Hotels schweifen.

„Jacqueline!“ Die Puppe fährt herum. Auf der Bühne ist eine nicht minder charismatische Puppe erschienen, nur in männlicher Gestalt: Dichtes schwarzes Haar, halb lang geschnitten, zwei Locken fallen über eine hohe Stirn. Dunkle, leidenschaftliche Augen strahlen Jacqueline an.

„Hey Lieblingskollegin!“

Die beiden geben sich ein Küsschen rechts und links, um sich dann - ohne weiter Zeit zu verlieren - in einer Sofaecke mit einem kleinen Tischchen niederzulassen und ihre Papiere auszubreiten. Dann wird mit Engagement juristisch gefachsimpelt. Mit Feuer und Flamme und sichtlicher Liebe zu ihrem Job begeben sich die beiden an die Ausarbeitung eines Vertrages.

Die nächste Szene versetzt die Zuschauer an den Stadtrand. Mehrstöckige, gleichförmig gebaute Häuser sorgen für eine triste Atmosphäre.

Die Theatergäste schauen direkt auf die Frontseite eines dieser Gebäude und hinter der Glasscheibe eines Fensters im zweiten Stock erscheint ein Gesicht. Es ist ein zartes, doch blasses Gesicht, eingerahmt von langem, rötlichem Haar. Große verträumte Augen schauen traurig auf die eintönige Umgebung.

Lulu fühlt sich zu diesem Gesicht sofort hingezogen und betrachtet es gebannt.

Genau das hat Ego Puppenspieler einkalkuliert. Er wusste, dass er Lulu mit dieser Puppe in den Bann zieht. Und so nutzt er den Moment, um tief in die Seele Lulus vorzustoßen. Dort macht er sich auf die Suche. Stückchen für Stückchen durchkämmt er ihre Seele nach einer Schwachstelle. Tiefer und tiefer taucht er ein und weit unten findet er, was er sucht: die Angst. Es war schwer, sie zu finden, ein schwarzer Fleck in einer fast makellosen Seelenlandschaft.

„Da lässt sich was draus machen", murmelt Ego Puppenspieler befriedigt vor sich hin und setzt seinen Faden genau in die Mitte dieses schwarzen Flecks. Er rupft kurz daran, um sich zu vergewissern, ob er hält. Lulu spürt dies nur als kurzes Ziehen tief in ihrem Innern, aber sie ist zu abgelenkt, um dem eine weitere Bedeutung beizumessen.

Lulu ist gefangen.

Die Szene auf der Bühne hat in der Zwischenzeit direkt in die Wohnung gewechselt. Zu dem blassen Gesicht erkennt man jetzt den Rest der Puppe, eine zierliche junge Frau mit Schlabbershirt und Jogginghose. Sie hält eine Tasse Kaffee in der Hand und läuft ziellos durch die kleine Wohnung. Die Regale sind vollgestopft mit philosophischen Büchern, dazwischen ein paar psychologische Abhandlungen und Lebenshilfe Ratgeber.

Lulu fühlt sich sofort an das kleine Häuschen von Pedro erinnert.

Die Puppe kommt an einem Spiegel vorbei und betrachtet nachdenklich ihre vielen Sommersprossen auf der Nase. Dann schlendert sie wieder zum Fenster und schaut hinaus.

Genau in diesem Moment braust ein rotes Cabrio heran und macht direkt vor dem Haus halt.

Schlagartig kommt Leben in die eben noch so verträumte Puppe. Hastig fährt sie sich mit einem Kamm durch die Haare, räumt das schmutzige Geschirr in die Spüle, stopft handgefertigte kleine Plastiken in einen Schrank und dreht die angefangenen Malereien auf die Rückseite. Und schon klingelt es.

„Hallo Schwesterlein!“, ruft die Jacqueline-Puppe und stürmt mit wehenden Haaren in die Wohnung. Allein durch ihr Erscheinen wird es heller und freundlicher auf der Bühne.

„Wie geht es dir, meine Süße?“

Die blasse Puppe zuckt die Schultern.

Jacqueline schaut sich um und wendet die von ihrer Schwester zuvor umgedrehten Malereien wieder auf die Vorderseite. Beim Betrachten der Gemälde zieht sie eine Augenbraue hoch, enthält sich aber jeglichen Kommentars. Stattdessen reißt sie eine Sektflasche aus der Tasche und lässt den Korken knallen.

„Der Vertrag ist fertig und ich habe Sektlaune!“, ruft Jacqueline froh gelaunt in Richtung Küche, wo sich ihre Schwester aufhält. Dann reißt sie die Balkontür auf und räumt erstmal kopfschüttelnd den Tisch von allem möglichen Kram frei.

„Bringst du Sektgläser, Leonie?“

„Mach ich“, hört man eine leise, sanfte, etwas tonlose Stimme aus der Küche.

„Und es gibt noch was zu feiern!“, schallt es wieder fröhlich vom Balkon. „Marc und ich heiraten und wir wollen zwei Kinder!“ Jacqueline strahlt dabei über das ganze Gesicht.

Leonie betritt mit den Gläsern und einer Tüte Chips den Balkon. „Das ist ja schön.“

Die Wehmut in Leonies Stimme ist ihrer Schwester nicht entgangen. „Du könntest das auch alles haben, Leonie, wenn du dich endlich mal von diesem Loser trennen würdest! Okay, der ist schon nett, aber du weißt genau, dass aus dem nie was werden wird. Du willst doch auch Kinder. Für dieses Vorhaben musst du aber was tun." Jacquelines Stimme wird jetzt immer eindringlicher: „Du musst dir einen finanziellen Boden schaffen. Mit deinem Philosophiestudium wird dir das nicht gelingen und mit diesem Mann erst recht nicht!" Jacqueline schaut ihrer Schwester jetzt direkt in die Augen. Ihr Ausdruck verändert sich, wird weich und liebevoll.

„Es wird Zeit, dass du dein Leben in die Hand nimmst. Denk doch mal an unsere Träume!" Jetzt stehen der Jacqueline-Puppe sogar Tränen in den Augen. „Wir zwei mit unseren Traummännern in einer Villa mit großem Garten, in dem unsere vier süßen Kinder glücklich miteinander spielen."

Jacqueline beugt sich näher zu Leonie. „Du darfst diesen Traum niemals aus den Augen verlieren, verstehst du?"

Dann lehnt sich die Jacqueline-Puppe wieder zurück. Erneut verändert sich ihr Gesichtsausdruck. Ein schelmisches Grinsen umspielt ihren Mund und ihre Stimme klingt wieder fröhlich und zuversichtlich, als sie sich nochmals Leonie zuwendet: „Ich bin dabei. Jetzt musst nur noch du nachziehen. Und ich helfe dir. Wir bekommen das schon hin, wir zwei!"

Das weitere Theaterstück handelt vom Leben der beiden Schwestern.

Gebannt verfolgen die Zuschauer die Ermittlungen von Marc und Jacqueline in einem Strafrechtsfall.

Sie freuen sich für Leonie, als deren Freund endlich einen Job bekommt und sie leiden mit ihr, als ihrem Geliebten gekündigt wird, weil er für diesen Job halt doch zu verträumt und unzuverlässig ist.

Und um diese Geschichten herum rankt sich der aufopferungsvolle Einsatz Jacquelines für das Glück ihrer Schwester.

Spätestens jeden zweiten Tag, je nachdem wie es in den vollgestopften Terminkalender hinein passt, sieht man das rote Cabrio heranrasen und Jacqueline mit wehenden Fahnen zu Leonie stürmen. Jedes Mal erhellt sich die Wohnung und es kommt Farbe in Leonies blasses Gesicht, spätestens nachdem sie mit ihrer Schwester ein Glas Sekt getrunken hat, denn Jacqueline findet fast immer einen Grund zum Feiern.

So bearbeitet Jacqueline ihre jüngere Schwester mit einer Beharrlichkeit, die ihresgleichen sucht. Es ist nicht zu übersehen, wie enorm wichtig Leonie für sie ist.

Und irgendwann geht die Saat auf. Als sich Leonie endlich von ihrem zwar sympathischen, aber eben wieder arbeitslosen, herumstreunenden Freund trennt, hört man einen Seufzer der Erleichterung aus dem Publikum. Und als sie dann in Jacquelines Fußstapfen tritt, das Philosophiestudium schmeißt, in der Kanzlei ihrer Schwester jobbt und anfängt, Jura zu studieren, geht es aufwärts in Leonies Leben.

Ihr Terminkalender füllt sich zusehends, sie hat rosige Wangen bekommen. Ihre Augen leuchten voller Lebenskraft, endlich findet sie den für sie passenden Mann und am Ende sieht man den Kindheitstraum der Schwestern erfüllt: Eine schmucke Villa mit herrlichem Garten, zwei attraktive Männer, ein Grill und vier hübsche Kleinkinder, die in Eintracht miteinander spielen.

Als Leonie mit ihrem sympathischen, jugendlich wirkenden Mann in die Küche läuft, flüstert Jacqueline ihrem Marc ins Ohr:

„Ich bin so froh, dass ich so hartnäckig an Leonie dran geblieben bin. Es hat mich ja schon verdammt viel Energie gekostet. Weißt du noch, wie chaotisch und verträumt sie war?"

„Ja", lächelt Marc. „Wie ein kleines Kind. Endlich ist auch sie erwachsen geworden."

Jacqueline lässt den Blick zu ihrer Schwester wandern, die strahlend aus dem Küchenfenster zu ihr hinüber schaut.

„Schau sie dir nur an, wie glücklich sie jetzt ist!", stellt Jacqueline an Marc gerichtet triumphierend fest. Dieser beugt sich zu ihr und während er ihr einen Kuss auf die Stirn drückt, verkündet er mit warmer Stimme: „Du bist wirklich die wunderbarste Schwester, die es auf der Welt gibt!"

Dann schließt sich mit romantischer, beschwingter Musik der Vorhang.

Pedro und Lulu verlassen gemeinsam das Theater. Sie sprechen nicht. Jeder ist in seine eigene Gedankenwelt versunken.

Er weiß die Puppen perfekt zu gestalten, denkt Lulu, *charismatisch, mit sympathischer Ausstrahlung. Die Geschichte ist zwar Schwarzweißmalerei pur, aber doch gefühlvoll in Szene gesetzt.*

Und das Fatale ist, sinniert Lulu weiter, *dass Ego Puppenspieler in seinem Theater den Menschen auf raffinierte Weise nur eine Lebensgestaltung als lebenswert suggeriert.*

Lulu hat die Jacqueline-Puppe jetzt direkt vor Augen und taucht nochmal in das Theaterstück ein. Jacqueline war ja die Heldin des Stücks. Aber Lulu hatte sich sofort mit Leonie verbunden gefühlt. Sie hatte das Chaotische und Verträumte an ihr gleich gemocht und auch wenn Leonie im Theaterstück zum Schluss glücklich war, Lulu war es nicht.

Jacquelines Verhalten wurde als absolut liebevoll und fürsorglich dargestellt. Man kam nicht eine Sekunde auf die Idee, dass Jacqueline hier womöglich aus falsch verstandener Liebe handelt. Doch Lulu empfindet die Art und Weise, wie Jacqueline ihr eigenes Lebenskonzept ihrer Schwester übergestülpt hat, schon fast als gewalttätig.

Lulu fallen die Skulpturen wieder ein, die Leonie in den Schrank gestopft hatte und es ärgert sie, wie Jacqueline angesichts ihrer Malereien verächtlich die Augenbraue hochgezogen hatte.

Dabei ist das Leonies eigentliche Welt, grübelt Lulu und allein die Erinnerung an diese Szene löst Empörung in ihr aus. *Dass Leonie sich mit ihrer endgültigen Abkehr von all dem den Zugang zu ihrem wahren Wesen versperrt hat, bleibt den Zuschauern verborgen. Doch was, wenn die Fassade irgendwann mal bröckelt? Dann gibt es nichts in ihrem Innern, das sie auffangen könnte!*

Bei diesem Gedanken stößt Lulu einen tiefen Seufzer aus und fast empört denkt sie an Jacqueline. *Bei ihr wird nichts bröckeln, denn Jacqueline lebt keine Fassade, sondern genau das, was ihr entspricht.*

Lulu fühlt sich deprimiert.

Ach komm schon, denkt sie sich, *jetzt vergiss mal dieses Theaterspiel und lande wieder in der realen Welt.*

18

Lulu wohnt wieder bei Pedro. Es ergab sich von selbst, als die beiden nach der Theatervorstellung wie selbstverständlich zu ihm nach Hause gelaufen waren.

Pedro fühlt sich seit diesem Tag wieder erheblich besser. Sein Ego ist gestärkt aus dem Theaterstück hervorgegangen und er genießt die Sicherheit, die er hierdurch gewonnen hat. Er wird eine neue Arbeitsstelle finden, diesbezüglich ist er zuversichtlich. Hauptsache, er weiß jetzt wieder, was er will.

Dagegen ist Lulu seltsam verunsichert. Direkt nach dem Theater hatte sie sich noch sicher gefühlt und überlegt, was in aller Welt die Menschen dermaßen in die Fänge des Ego Puppenspielers geraten ließ. Ja, sein Theater war schon geschickt inszeniert, das musste Lulu ihm lassen. *Aber diese Eindrücke verlieren früher oder später doch wieder ihre Wirkung*, dachte sie.

In der Nacht beginnt es, das Ziehen in Lulu. Es ist wie ein leichter Schmerz, der sie irgendwo hinzieht, aber sie weiß nicht wohin. Sie hat dergleichen noch nie erlebt und kann es in keiner Weise einordnen. Das macht ihr Angst. Gleichzeitig hat sie das Gefühl, als würde etwas an die Oberfläche drängen, was bisher tief in ihr verborgen war. Lulu ahnt, dass das, was sich da seinen Weg nach oben bahnt, nichts Angenehmes sein wird.

Zwischendurch fällt ihr immer wieder mal ihre Mission ein, aber sie fühlt sich zu klein, zu verunsichert, um anderen Menschen Mut zuzusprechen. So beschließt sie, ihre Aufgabe erstmal zu verschieben, bis sie selbst wieder ins Gleichgewicht gekommen ist.

Dann wird Lulu krank. Sie hat keinen Appetit mehr und wird nachts von Fieberkrämpfen und Alpträumen geschüttelt. Pedro sitzt unermüdlich an ihrem Bett. Tief in seinem Innern macht sich ein Schuldgefühl breit. Es ist offensichtlich, dass Lulu seit dem Theaterbesuch verändert ist. Ihre Lebensfreude und Zuversicht schwinden, als würde von unsichtbarer Hand beides aus ihr herausgesaugt.

In ihrem Fieberdelirium ruft Lulu oft nach Artemis. Diese fliegt dann auch herbei und lässt sich an ihrem Bett nieder. Aber sobald Lulu zu sich kommt, gleitet die wundersame Eule wieder davon. In Lulus Kopf hallen die Worte Custos zu den Warnzeichen nach: „*Und achte auf Artemis. Wenn sie nicht mehr bei dir bleibt, obwohl du sie rufst, ist Ego Puppenspieler in gefährliche Nähe gerückt.*“ Aber Lulu fühlt sich zu kraftlos, um irgendetwas zu unternehmen.

Pedro fleht Artemis mehrfach an, doch bitte zu bleiben. Aber diese schaut ihn immer nur mit ihren dunklen, unergründlichen Augen an und fliegt stets davon, wenn Lulu wach wird.

Pedro ist verzweifelt. Da kommt ihm eine Idee: Er wird einfach dafür sorgen, dass es Artemis nicht mehr gelingt, abzuhauen.

Als Lulu die Eule wieder einmal im Delirium herbeiruft und diese in das Schlafzimmer segelt, schließt Pedro schnell das Fenster und sämtliche Türen. Artemis fliegt erschrocken hoch und stößt mit ihren weiten Schwingen die Lampe um, die klirrend zu Boden fällt. Dies entreißt Lulu ihrem Delirium und mit erschreckten, weit geöffneten Augen sieht sie Artemis mit leicht herunterhängendem Flügel auf ihrem Bett liegen.

Lulu nimmt Artemis vorsichtig in den Arm und beginnt hemmungslos zu weinen. Sie weint und weint und als Pedro es nicht mehr erträgt, verlässt er leise das Zimmer.

Artemis legt ihren gesunden Flügel schützend über Lulus Kopf, bis diese endlich aufhört zu weinen.

Lulu ist total erschöpft, aber sie fühlt sich wieder in der Lage, klarer zu denken. Sie schaut Artemis an und streicht ihr zart über den verletzten Flügel.

„Was passiert mit mir, Artemis?"

Und zum ersten Mal seit langer Zeit spricht die wundersame Eule wieder zu ihr: „Ego Puppenspieler hat seinen Faden tief in deine Seele eingewebt. Er hat deine Schwachstelle gefunden."

Lulu denkt an das Ziehen tief in ihrem Innern.

„Was ist meine Schwachstelle?", fragt sie sorgenvoll.

„Die Angst, meine arme Lulu. Er hat die einzige Stelle gefunden, an der er bei dir andocken konnte und das ist deine Angst. Das Gemeine ist, dass diese Angst so tief sitzt, dass du sie nicht orten kannst. Und es ist keine greifbare Angst, die du gezielt angehen könntest. Es ist eher so eine Ur-Angst."

Lulu schaut zärtlich auf Artemis. Auch wenn sie keine Ahnung hat, was sie gegen die Ur-Angst in sich ausrichten kann, ist sie doch froh, erstmal ein bisschen Klarheit gewonnen zu haben. Schlagartig erkennt sie, wie das Theater von Ego Puppenspieler wirklich funktioniert. Jetzt hat sie es im wahrsten Sinn des Wortes am eigenen Leib erfahren. Und gleichzeitig spürt Lulu, wie in ihr ein neues Verständnis wächst. Plötzlich versteht sie all die Menschen besser. Vorher hat sie ihnen schlaue Ratschläge gegeben, aber jetzt weiß sie, wie sie sich fühlen. Es ist, als habe sich für Lulu, indem sie zu einer Leidensgenossin geworden ist, ein neuer großer Raum des Mitgefühls geöffnet.

Augenblicklich ist der Lebenswille in Lulu wieder erwacht. Sie schaut zu Artemis, welche Lulu genau beobachtet hatte und Lulu glaubt, in den tiefgründigen Augen der Eule große Erleichterung zu sehen.

Pedro öffnet leise die Tür und sieht Lulu entspannt im Bett liegen, neben ihr Artemis, ihren gesunden Flügel schützend über Lulu ausgebreitet. Nun zieht es bei ihm, im Herzen, und erleichtert denkt er: *Puh, jetzt habe ich wenigstens einmal etwas richtig gemacht, auch wenn ich diesem armen Vogel fast die Flügel gebrochen hätte.*

19

Mit Artemis an ihrer Seite gesundet Lulu. Heißhungrig verschlingt sie die von Pedro liebevoll zubereiteten Speisen.

Pedro kümmert sich nicht nur um Lulu. Täglich erneuert er die Schiene, die er an Artemis verletzten Flügel angebracht hat und streicht ihr dabei immer wieder sanft über den weichen Flaum. Er weiß nicht so genau, ob die Eule die Schiene überhaupt benötigt. Es könnte auch sein, dass vielmehr er die Berührung und Pflege von Artemis zur Gesundung seiner Seele braucht. *Wie auch immer*, denkt er, es *tut uns beiden gut.* Und da Artemis mit geschientem Flügel nun mal nicht imstande ist, zu fliegen, hat auch Lulu etwas davon.

Doch das Ziehen in Lulus Innern ist geblieben und hat sich sogar verstärkt. Es erinnert sie in schmerzhafter Weise daran, dass der Faden von Ego Puppenspieler nach wie vor tief in ihrer Seele verankert ist. Sie weiß, dass es wichtig für sie ist, sich mit dieser Angst auseinanderzusetzen. Sonst wird Ego Puppenspieler immer ein leichtes Spiel mit ihr haben. Es wird ihr nicht gelingen, ihre Mission zu erfüllen, wenn er an ihr zerrt, wann und wie es ihm beliebt!

Lulu fühlt, dass sie sich auf den Grund ihrer Seele begeben muss, um ihrer Angst zu begegnen. Sie wird genauso tief in ihre Seele eindringen, wie es Ego Puppenspieler getan hat. Und was ihm gelungen ist, wird auch ihr gelingen!

„Artemis, wirst du mich begleiten?“, fragt sie ihre angeschlagene Freundin, die wie immer die Gedanken Lulus verfolgt hat. Lulu liest ein klares Ja in Artemis Augen und spürt eine wohltuende Zuversicht.

Auf was soll sie warten?

Lulu schließt die Augen. Es gelingt ihr, alles loszulassen, und sie sinkt herab in die Tiefen ihrer Seele. Und dann sieht sie den Faden. Sie taucht weiter hinab, immer an dem Faden entlang, tiefer und tiefer und begegnet ihrer Angst. Wenn sie dachte, es sei nur ein Fleck, hat sie sich getäuscht. Es ist ein riesiges Loch, bodenlos und schwarz, tief und unergründlich.

Lulu zögert. Will sie da wirklich hinein?

Der Faden führt in das Innere des Loches und Lulu begreift, dass sie keine andere Wahl hat. Sie fühlt Artemis neben sich, dann – immer noch eine Hand an dem Faden von Ego Puppenspieler - lässt sie sich in das schwarze Loch hineingleiten.

Lulu fühlt sich schwerelos und eins mit allem um sie herum. Sie wird zu Artemis und Artemis zu ihr. Dies ist ein wunderbares Gefühl, aber Lulu kann es nur kurz genießen. Plötzlich wird ihr bewusst, dass sie ihre Grenzen nicht mehr spürt und gleichzeitig steigt panische Angst in ihr auf, sich zu verlieren. Sie zittert am ganzen Körper.

Doch dann spürt Lulu wieder den Faden von Ego Puppenspieler in ihrer Hand. Merkwürdigerweise gibt ihr genau dieser Faden jetzt Sicherheit. Sie merkt die Verbindung zu ihrem Ego und dadurch fühlt sie plötzlich auch wieder ihre Grenzen. Augenblicklich wird ihr klar, dass sie diese Verbindung braucht.

Sie wird den Faden auf gar keinen Fall loslassen. Aber in ihrer Seele soll er nicht verankert sein und schon gar nicht in ihrer Angst.

So taucht Lulu tiefer und schaut sich das dunkle Loch genauer an. Dabei merkt sie, dass sie sich gar nicht mehr so ängstlich fühlt. Ihre Angst vor der Angst war größer, als das, was sie nun mittendrin erlebt. Das schwarze Loch ist nicht mehr nur ein schwarzes Loch. Es hat Konturen bekommen und wird dadurch greifbarer.

Lulu ist am Ende des Fadens angekommen. Vorsichtig und langsam löst sie Faser für Faser. Dies ist mühsam und Lulu verliert völlig ihr Zeitgefühl. Zwischendurch wird sie immer wieder von der Stelle weggetrieben, arbeitet sich aber geduldig und unermüdlich entlang des Fadens zurück. Als sie endlich die letzte Faser gelöst hat, durchströmt sie ein Gefühl unendlicher Befreiung.

Lulu macht sich auf den Rückweg. Doch den Faden behält sie fest in der Hand. Instinktiv spürt sie auch jetzt wieder, wie wichtig diese Verbindung für ihre innere Orientierung ist. Und dem Faden zurück folgend taucht Lulu langsam aus dem inzwischen gar nicht mehr so schwarzen Loch dem Licht entgegen.

Als Lulu die Augen aufschlägt, schaut sie direkt in die weisen Augen Artemis. Die Erkenntnis trifft sie wie ein Schlag: Die Menschen brauchen die Verbindung zu ihrem Ego, um sich selbst zu spüren. Jetzt erinnert sie sich auch wieder an das, was Custos ihr gesagt hatte, nur hatte sie damals den Sinn seiner Worte nicht begriffen: „*Es geht gar nicht darum, die Menschen gegen ihr Ego aufzubringen, denn sie brauchen ihr Ego.*"

Lulu ist zutiefst erleichtert. Sie sieht jetzt ihren Weg vor sich: Es reicht nicht, den Menschen den Zugang zu ihrer Intuition und ihren Seelenwünschen wieder zu öffnen. Lulu wird ihnen zusätzlich vor Augen führen, wie wichtig es ist, dass sie auch ihr Ego ins Herz schließen. Solange sie ihr Ego bekämpfen, um ihrer Seele mehr Raum zu geben, haben sie ein Schlachtfeld in ihrem Innern. Das hatte Lulu schon deutlich an Pedro beobachtet: Kritiker gegen Seelenwunsch, das funktioniert nicht!

Und Lulu hat noch etwas erkannt: Die Menschen brauchen zwar eine liebevolle Verbindung zu ihrem Ego, aber sie dürfen ihm nicht die Macht überlassen.

Dazu gilt es erst einmal, herauszufinden, an welcher Stelle Ego Puppenspieler bei ihnen angedockt hat, um dann den Faden sorgfältig, in liebevoller Kleinarbeit zu lösen. Und mit jeder Faser, die die Menschen abtrennen, gewinnen sie ein Stück Freiheit zurück, um sich ihrem verlorenen Kind wieder anzunähern. Faser für Faser können sie sich so mit ihm verbinden. Bis ein vollständiger Faden ihr inneres Kind endgültig in seine ursprüngliche Heimat zurückführt.

Als Pedro am Abend die Schiene von Artemis Flügel entfernt, kommt er nicht dazu, eine neue anzulegen. Die Eule breitet so unerwartet ihre Schwingen aus, um sich in die Luft zu erheben, dass Pedro keine Chance hat, sie festzuhalten. Er starrt ihr mit offenem Mund nach, als sie durch das Fenster entschwindet und Lulu muss seit langem mal wieder herzhaft lachen.

20

Ego Puppenspieler ist irritiert.

In ihm ist plötzlich eine Unruhe aufgestiegen. Eine Unruhe, die mit diesem schwierigen Mädchen Lulu zusammenhängt. So hat er schleunigst den Faden überprüft, den er bei ihr angedockt hatte. Aber es scheint alles in bester Ordnung. Er hat Lulu am anderen Ende der Strippe genau gesehen.

Trotzdem gefällt ihm die Sache nicht. Irgendetwas ist passiert, dass er nicht einzuordnen weiß.

Als er sich wieder beruhigt hat, weil ja doch alles in Ordnung scheint, fühlt er plötzlich ein Zupfen an genau diesem Faden, der zu Lulu führt.

In Ego Puppenspieler läuten sämtliche Alarmglocken. ER sollte die Fäden in der Hand behalten und nicht umgekehrt! Ein solcher Machtverlust - und das ausgerechnet bei dieser gefährlichen Lulu - ist das Letzte, was er jetzt braucht.

Wütend zieht er selbst an dem Faden, der zu Lulu führt.

Lulu hält dagegen und antwortet mit einem kurzen Gegenzug. Doch in dieser Antwort steckt keinerlei Zorn oder Ärger. Eher fühlt es sich an wie eine charmante, liebevolle Kontaktaufnahme.

Ehe er sich versieht, hat Ego Puppenspieler zurückgezupft. Und mit Erschrecken stellt er fest, dass sich auch sein Zupfen eher keck als zornig anfühlt.

Ego Puppenspieler fasst es nicht: Ist er etwa gerade dem Charme dieses Mädchens erlegen?

Der Puppenspieler ist verwirrt.

Einen entscheidenden Moment lang hat die Liebe Macht über die Macht erlangt.

21

Veronika streift nachdenklich durch den Park. Immer wieder suchen ihre Augen das Gelände ab. So gerne hätte sie Lulu noch einmal getroffen. Wo steckt sie nur? Sie hatte doch gesagt, dass sie sich oft im Park aufhält. Veronika setzt sich auf eine Parkbank und späht angestrengt durch die Bäume.

„Suchen Sie jemanden?"

Veronika schrickt zusammen. Sie hatte den sich von der Seite nähernden Mann gar nicht bemerkt. Der Mann in Jeans und lässigem Blazer lächelt sie jetzt an. Dabei blitzen seine hellgrünen Augen auf.

„Ungewöhnliche Augenfarbe", stellt Veronika fest und ist im gleichen Augenblick über ihre eigene Direktheit überrascht.

Der Mann lacht.

„Stefan" stellt er sich vor. „Darf ich mich kurz zu Ihnen setzen?"

Veronika rutscht zur Seite. „Klar! Ich bin Veronika."

Den kurzen Moment der Verlegenheit überspielt sie direkt mit einer Antwort auf Stefans Frage: „Ja, ich suche wirklich jemanden, ein junges Mädchen. Vielleicht kennen Sie sie ja. Sie ist eigentlich gar nicht zu übersehen, jedenfalls wenn sie ihren knallorangenen Mantel trägt."

„Du meinst Lulu!", ruft Stefan sofort aus.

Veronika freut sich. „Ja, genau! Dann kennst du sie also auch! Hast du sie in letzter Zeit gesehen?“

Stirnrunzelnd gibt Stefan zurück: „Ich habe mich auch schon gewundert, dass sie mir gar nicht mehr über den Weg läuft, denn sie ist ganz oft hier im Park und ich mache hier regelmäßig Mittagspause.“

Veronika und Stefan schauen sich nachdenklich an.

„Sorry, übrigens“, lacht jetzt Veronika etwas verlegen, „das ‚du‘ ist mir eben einfach so herausgerutscht.“

„Mir ja auch“, grinst Stefan. „Alles gut, von mir aus können wir gerne dabei bleiben.“

Veronika nickt lächelnd und schaut den Mann ihr gegenüber nachdenklich an: „Sag mal, Stefan, woher kennst du Lulu eigentlich?“

„Ich habe sie über Pedro, einen Freund, kennen gelernt. Sie ist wirklich ein ganz besonderes Mädchen.“

„Das kannst du laut sagen“, ruft Veronika aus. „Noch nie habe ich jemanden kennen gelernt, der so direkt und einfühlsam ist wie sie. Ich hatte fast das Gefühl, dass sie mir in die Seele schaut. Und das, obwohl wir uns erst zweimal begegnet sind.“

Stefan lacht: „Ja, das ist Lulu und das tut sie wirklich! Ehrlich gesagt, war ich die letzten Tage ganz froh, dass ich ihr nicht begegnet bin. Sie hatte mir geraten, mal eine Pause von meiner Anwaltstätigkeit zu machen, um mehr Klarheit zu gewinnen, was ich wirklich will. Aber ich habe mich jetzt entschieden, erstmal alles so zu belassen. Mir gefällt ja mein Job in der Kanzlei eigentlich auch.“

Stefan wundert sich, warum er Veronika das alles erzählt.

Diese lächelt. Sie versteht Stefan so gut. Angesteckt von seiner Offenheit, berichtet jetzt sie, wie ihr Lulu Mut zugesprochen hatte, ihren Beruf als Tierphysiotherapeutin voranzutreiben.

„Doch wie schnell bin ich im Alltag wieder voll in meinen familiären Pflichten untergegangen", gibt sie zu. „Hinsichtlich meines Berufes fühle ich mich völlig entmutigt. Jetzt wollte ich mir nochmal ein bisschen Zuspruch von Lulu holen."

„Du bist verheiratet?" Stefan hofft, dass seine Stimme die leichte Enttäuschung nicht verraten hat.

„Ja, und ich habe eine 16-jährige Tochter, voll pubertierend! Und du?"

„Solo", grinst Stefan.

„Erstaunlich!", stellt Veronika nachdenklich fest, als sie direkt in diese unglaublich grünen Augen schaut. „Äh, ich meine…, ach jetzt rede ich mich mal lieber nicht weiter um Kopf und Kragen!"

Stefan und Veronika lachen beide.

Dann wird Stefan wieder ernst: „Was hältst du davon, wenn wir Lulu zusammen suchen?"

Veronika springt auf. „Ich bin dabei!"

Stefan überlegt. „Ich hätte eine Idee, wo sie sein könnte. Lass uns mal bei Pedro vorbei schauen."

22

Melanie sitzt auf ihrer Lieblingsbank im Park und sinniert etwas traurig vor sich hin. Sie vermisst Lulu.

In den letzten Tagen hatte sie sich elend gefühlt. Nach dem kurzen glücklichen Moment der Erkenntnis, dass es sich doch ohne Schuldgefühle deutlich besser lebt, waren die schwarzen Nagetierchen zurückgekehrt, eine richtige Invasion. Dafür hatte Ego Puppenspieler gesorgt, was Melanie ja nicht wissen kann.

Melanie beschließt, etwas zu unternehmen. Sie hält es nicht länger aus, hier herumzusitzen. So steht sie auf, um sich auf die Suche nach Lulu zu begeben. Irgendjemand wird sie schon gesehen haben. Ein besseres Erkennungszeichen als diesen orangefarbenen Mantel gibt es ja gar nicht. Sie wird einfach verschiedene Leute fragen.

Doch erscheinen Melanie all die Menschen im Park heute introvertiert. Die Gesichter verstecken sich hinter großen Mantelkrägen oder unter dicken Schals. *Vielleicht liegt es daran*, denkt Melanie, *dass es so saukalt geworden ist.*

Melanie findet nicht den Mut, nur einen der durch den Park eilenden Menschen anzusprechen. Da fällt ihr Blick auf eine Parkbank, auf der sich ein Mann niederlässt. Irgendetwas an dieser Person kommt ihr bekannt vor. Es ist die Art, wie er auf der Bank sitzt, breitbeinig, die Hände zwischen den Beinen auf der Bank aufgestützt und etwas nach vorne gelehnt, als wäre er schon wieder bereit, zu gehen.

Während Melanie in ihrem Gedächtnis kramt, ist sie dem vertrauten Fremden schon deutlich näher gekommen. Als sie einen vorsichtigen Blick auf ihn wirft, schaut sie direkt in sein Gesicht, denn der Herr hat auch sie ins Visier genommen. Überrascht und ungläubig steht er auf und geht auf Melanie zu.

„Wir kennen uns, nicht wahr?“, fragt Melanie vorsichtig und fast ein bisschen schüchtern.

„Allerdings!“, bekommt sie zur Antwort. „Melanie, oder nicht?“

Melanie nickt langsam und verunsichert. Dann fällt es ihr wie Schuppen von den Augen: „Walter! Mensch, Walter, ich fasse es nicht!“

„Meine erste große Liebe“, schmunzelt dieser jetzt. „Auch wenn wir zwei es nur ein halbes Jahr miteinander ausgehalten haben, vergessen habe ich dich nie!“

Die nächsten zwei Stunden sind Melanie und Walter damit beschäftigt, sich auszutauschen. Melanie fühlt sich in ihre Jugend zurückversetzt. Zwar kann sie an das Gefühl von damals nicht anknüpfen und empfindet keinerlei Aufregung diesem Mann gegenüber. Doch sie genießt seine Anwesenheit.

Als Walter vom Jakobsweg erzählt, leuchten Melanies Augen auf: „Schade, dass du das aufgegeben hast. Diese Wanderung ist bestimmt eine tolle Erfahrung. Aber was rede ich hier schlau daher. Ich wollte den Jakobsweg nach dem Tod meines Mannes auch gehen und immer war dann etwas anderes wichtiger."

Plötzlich fällt Melanie Lulu wieder ein: „Du Walter, mal was ganz anderes. Ich bin eigentlich gerade auf der Suche nach einem Mädchen, das ich hier im Park kennen gelernt habe. Vielleicht hast du sie ja gesehen. Das letzte Mal trug sie einen orangefarbenen Mantel."

Walter schaut interessiert auf: „Ich hatte vor ein paar Tagen eine kurze Begegnung mit einem äußerst aufgeweckten Mädel. Wie hieß sie doch gleich nochmal?" Walter versucht, sich zu erinnern.

„Vielleicht Lulu?", fragt Melanie gespannt.

„Ja, genau! Lulu heißt sie! Was ist mit ihr?"

„Ich weiß nicht. Eigentlich wollten wir uns im Park nochmal treffen, ohne allerdings konkret verabredet gewesen zu sein. Doch sie ist wie vom Erdboden verschluckt. Irgendwie mache ich mir langsam ein bisschen Sorgen um sie."

Walter steht auf und schlägt vor: „Lass uns doch ein Stück zusammen durch den Park laufen, wenn du magst. Vielleicht sehen wir sie irgendwo oder wir treffen jemanden, der sie gesehen hat. Ich kenne hier inzwischen eine ganze Menge Leute, die ich fragen könnte."

Walter lacht auf, als er bei diesen Worten Stefan und Veronika aus einem Seitenweg zwischen den alten Parkbäumen kommen sieht und wendet sich schmunzelnd Melanie zu: „Da haben wir doch schon jemand. Diesen Mann kenne ich. Er hat mich vor Kurzem in einer Vertragsangelegenheit beraten."

Walter winkt Stefan zu, als dieser mit Veronika an ihrer Bank vorbeikommt.

„Hallo Herr Behrens!“, ruft er und läuft auf ihn zu. Nachdem die beiden ein paar freundliche Floskeln ausgetauscht haben, kommt Walter zur Sache: „Haben Sie hier im Park ein junges Mädchen gesehen? Sie trägt meist einen auffälligen, orangefarbenen Mantel.“

Die Überraschung ist auf beiden Seiten groß, als klar wird, dass sie alle dasselbe Anliegen haben. Schnell ist der Entschluss gefasst, sich gemeinsam auf die Suche zu begeben und erstmal bei Pedro anzufangen.

23

Nachdem Lulu zwölf Stunden am Stück tief und fest geschlafen hat, wacht sie munter und erholt auf. Sie springt aus dem Bett und läuft in die Küche, wo Pedro bei einer Tasse Kaffee sitzt, den Kopf in die Hände gestützt.

Pedro ist erschöpft. Statt wie sonst vor seinen Gefühlen wegzurennen, hatte er seinen Tränen ihren Lauf gelassen und in dieser Traurigkeit, die er sich endlich mal erlaubte, fühlte er sich mit Lulu verbunden. Nach Tagen und Nächten des Weinens hatte Pedro plötzlich und unerwartet ein neues, wohltuendes Gefühl kennengelernt: eine tiefe innere Ruhe.

Als nun Pedro Lulu so fröhlich in die Küche springen sieht, fällt ihm ein Stein vom Herzen und dann ein ganzes Gebirge, als sie verkündet, einen Riesenfrühstückshunger zu haben.

Lulu, die sieht, wie erleichtert Pedro ist, legt ihm von hinten die Arme um den Hals und gibt ihm einen Kuss auf die Wange.

„Ich bin so froh, Pedro, dass du mich in dieses Theater gehetzt hast. Wärst du nicht so brutal ehrlich zu mir gewesen, hätte ich mich wohl nie getraut, dorthin zu gehen!“

Pedro sieht Lulu verständnislos an.

„Aber du bist davon krank geworden“, flüstert er, „so krank, dass ich dachte, du stirbst mir noch weg“. Seine Stimme bricht bei der Erinnerung an die letzten Tage und Nächte.

Lulu schaut ihn mitfühlend an. „Ich will dir gleich erzählen, warum das alles genau richtig für mich war, aber vorher sollst du noch wissen, wie unendlich froh ich war, dich in meiner Nähe zu haben. Ich weiß, dass du unermüdlich an meinem Bett gewacht hast, als ich krank war. Ich habe dich immer gespürt. Und dass du Artemis eingefangen hast, hat mich zwar im ersten Moment, als ich sie so verletzt da liegen sah, total empört, aber damit hast du mich gerettet. Ich habe sie wirklich gebraucht!“

Pedro treten Tränen in die Augen vor Erleichterung. Er nimmt Lulu in den Arm, drückt sie an sein Herz und würde sie am liebsten nicht mehr loslassen.

Jetzt hat auch Pedro wieder Appetit und die beiden verschlingen ein herzhaftes Frühstück mit allen Leckereien, die ihr Herz begehrt.

Dann fängt Lulu an zu erzählen, und zwar von vorne. Sie erzählt Pedro von ihrem Erlebnis bei Custos, den verlorenen Kindern, ihrer Mission, Ego Puppenspieler, von seinen Methoden und ihrer Reise zu sich selbst.

Pedro hört ihr gebannt zu, ständig schwankend zwischen dem neu gefassten Vertrauen zu Lulu und grenzenloser Skepsis angesichts der doch abstrus anmutenden Geschichte von Custos und Ego Puppenspieler.

Als Lulu fertig erzählt hat, entfährt Pedro ein tiefes Seufzen.

Lulu weiß diesen Seufzer einzuordnen.

„Ich kann deine Zweifel so gut verstehen, Pedro. Mir kam mein Erlebnis bei Custos am Anfang ja auch ein bisschen irrwitzig vor. Aber ich sehe die kleinen Kinder heute noch vor mir und kann mich an jedes Wort von Custos erinnern. Außerdem ist Artemis meine Zeugin. Sie habe ich ja schließlich bereits bei Custos kennengelernt."

Pedro spukt schon länger ein Gedanke im Kopf herum und jetzt platzt er - halb ernst, halb scherzhaft - damit heraus: „Sag mal, Lulu, einen kleinen Pedro hast du da oben aber nicht zufällig entdeckt, oder?"

Lulu lächelt in sich hinein. Trotz aller Skepsis ist Pedro innerlich sichtlich weiter mit ihr gegangen, als er wahrhaben möchte. Sie schaut ihn an: „Nein, Pedro, da waren Tausende von Kindern und ich war so beschäftigt, den Ausführungen von Custos zu folgen, dass ich keine Möglichkeit hatte, mir die Kinder genauer anzusehen. Aber", Lulu macht eine kurze Pause und schaut Pedro eindringlich an, „ich bin mir fast sicher, dass dort bei Custos auch ein Pedro zu finden ist, und zwar genau dein kleiner Pedro."

Pedro schaut nachdenklich in die Ferne und reißt plötzlich erstaunt die Augen auf.

„Ich glaube, wir bekommen Besuch, Lulu."

Als Lulu sich umdreht und sieht, wer alles am Gartentor steht, macht ihr Herz vor Freude einen Sprung.

„Wie haben die vier denn zusammen gefunden?", ruft Lulu aus.

Schon ist sie zum Gartentor gelaufen und umarmt ihre Freunde herzlich.

Stefan ergreift als erstes das Wort: „Entschuldigt die Störung. Aber wir haben uns alle Gedanken um dich gemacht, Lulu, weil wir dich so lange nicht gesehen haben."

„Keine Sorge", beruhigt ihn Lulu, „ich war krank, doch jetzt ist wieder alles bestens! Aber wie kommt es, dass ihr vier euch getroffen habt?"

Jetzt reden alle wild durcheinander und das fröhliche Geplauder der Freunde ist weithin zu hören.

Pedro schmeißt den Grill an. Nachdem sich alle ein paar Würstchen haben schmecken lassen, erzählen Lulus Freunde, wie es ihnen in den letzten Tagen ergangen ist.

Lulu hört nachdenklich zu.

Da hat sich Ego Puppenspieler ja mächtig ins Zeug gelegt, mutmaßt Lulu, als sie von den Rückschlägen ihrer Freunde hört. Doch sie lässt sich nicht entmutigen. Immerhin hatten sich die vier trotz des immensen Einflusses von Ego Puppenspieler auf die Suche nach ihr begeben. Ihre Sehnsucht nach persönlicher Erfüllung hatte er also nicht ausmerzen können und das war das Wichtigste.

Lulus Blick fällt auf Stefan und Veronika, die sich angeregt über ihre Berufe unterhalten. Sie schmunzelt erfreut. *Die zwei scheinen sich richtig anzufreunden,* denkt Lulu. *Vielleicht unterstützen sich die beiden ja gegenseitig dabei, ihre Berufung herauszufinden und zu verfolgen.*

Lulu verspricht ihren Freunden, die nächsten Tage im Park zu sein und jederzeit für sie zur Verfügung zu stehen. Und so lassen sie den Nachmittag in Pedros Garten fröhlich ausklingen.

24

Nachdem Lulu und Pedro wieder alleine sind, nimmt Lulu den Faden ihres Gespräches vom Vormittag auf: „Sag mal, Pedro. Hast du früher schon gerne gemalt oder kreative Dinge gemacht?“

Pedro denkt nach.

„Ich habe oft geknetet, früher auch gemalt. Aber meine Eltern konnten damit nie etwas anfangen. Und ich weiß noch, wie einmal meine Kindergärtnerin vor allen anderen lauthals über eines meiner Bilder gelacht hat. Ich weiß bis heute nicht, warum. Aber seitdem habe ich mich für meine Bilder geschämt. Doch ich habe weiter geknetet und später, als ich älter war, kleine Plastiken erstellt. Mein Vater ist allerdings jedes Mal ausgerastet, wenn ich wieder so einen Firlefanz machte.“

Lulu lacht. „Firlefanz, das Wort kommt mir doch irgendwie bekannt vor.“

Pedro grinst. „Ja, das habe ich wohl verinnerlicht. Weißt du, meine Eltern hatten eine Gaststätte und seit ich denken kann, gab es immer - aber wirklich immer - furchtbar viel zu tun. Ich sollte einfach helfen, statt so unsinnige Plastiken zu erstellen.“

„Wann hast du ganz damit aufgehört, Pedro?“

Pedro überlegt: „Das mit dem Malen habe ich nach dem Erlebnis mit meiner Kindergärtnerin gelassen. Mit dem Kneten und den Plastiken habe ich aufgehört, als ich vielleicht zehn oder elf Jahre alt war. Erst viel später, während des Studiums, habe ich wieder damit angefangen."

Pedro ist jetzt nachdenklich geworden: „Tja, meinen kreativen Teil habe ich wirklich schon sehr früh in die Wüste geschickt. Diesbezüglich könnte schon so ein kleiner Pedro bei deinem Custos herumlungern."

Die Ironie in Pedros Stimme ist nicht zu überhören. Doch Lulu freut sich trotzdem über seine Worte.

„Es blieb dir ja auch gar nichts anderes übrig, Pedro. Als Kind musstest du nun mal funktionieren. Aber heute bist du frei und kannst dich entscheiden, ob du den kleinen kreativen Pedro zurückholen und ihm Raum in deinem Leben geben möchtest oder nicht."

„Ach Lulu", seufzt Pedro, „ich habe das doch schon so oft probiert. Aber es funktioniert einfach nicht."

Lulu denkt jetzt laut nach: „Auf meiner Reise in die Angst habe ich ja erfahren, dass auch das Ego sehr wichtig ist. Vielleicht solltest du dir einfach mehr Zeit geben, Pedro, und allen Seiten in dir Raum lassen, auch deinem Kritiker. Schließlich ist auch der für was gut."

Pedro nickt nachdenklich. „Tja, immerhin hat er mich dahin gebracht, wo ich heute stehe. Es ist ja schon auch ein gutes Gefühl, so erfolgreich im Job zu sein. Und mein gemütliches, geliebtes Häuschen hier hätte ich auch nicht, wenn ich nicht so viel gearbeitet hätte."

„Das ist allerdings wahr", nickt Lulu und fährt dann nachdenklich fort: „Wenn es bisher um deine Entscheidung ging, deiner kreativen Seite Raum zu geben, artete das stets in einen Machtkampf aus: Entweder Seele oder Ego! Doch in den letzten Tagen ist mir klar geworden, dass beide wichtig sind. Die Rolle des Egos hatte ich selbst völlig unterschätzt, Pedro. Ich glaube, es geht um ein Gleichgewicht.“

Pedros Gesichtszüge haben sich bei diesen Worten entspannt. „Kein Kampf mehr! Das hört sich irgendwie gut an, Lulu.“ Doch dann legt sich seine Stirn wieder in Falten. „Trotzdem glaube ich inzwischen auch, dass mein Ego einfach zu viel Macht hat und – wie sagtest du so schön – mein kleiner kreativer Pedro es grad schwer hat, zu mir zu kommen. Aber ich will ihn unbedingt mit ins Boot holen!“

Pedros blaue Augen leuchten jetzt. Doch nach wie vor etwas ratlos schaut er Lulu an: „Nur - wie mache ich das?“

Lulu denkt nach: „Vielleicht hilft es dir, Pedro, erst mal diese vernichtenden Stimmen in dir genauer unter die Lupe zu nehmen. Ich glaube, es sind die Sätze, die du als Kind gehört hast, wenn es um deine Kreativität ging. Davon hast du ja gerade erzählt: Die Stimme deiner Kindergärtnerin, die über deine Bilder gelacht hat, die deines Vaters, der deine kreative Seite im Keim erstickt hat und sie als nutzlos und sinnlos abgestempelt hat.“

Bei diesen Worten geht Pedro ein Licht auf und fassungslos ruft er aus: „Verdammt, ich habe diese Stimmen einfach übernommen!“ Und im gleichen Moment fasst Pedro einen Entschluss: „Ab jetzt werde ich höllisch aufpassen! Ich werde diese Stimmen nicht mehr schalten und walten lassen, wie es ihnen gefällt!"

Lulu freut sich: „Ja, genau! Und immer wenn einer dieser vernichtenden Sätze auftaucht, erinnerst du dich daran, wo er her kommt, schickst ihn in die Wüste und lässt eine neue Stimme in dir zu Wort kommen. Eine, die deine Kreativität unterstützt!"

Als Pedro Lulu etwas hilflos anschaut, als wüsste er nicht so recht, wie diese Stimme aussehen könnte, fährt Lulu nachdenklich fort: „Vielleicht kannst du ja in Gedanken schon mal Kontakt mit deinem kleinen kreativen Pedro aufnehmen, wo auch immer dieser steckt, ob bei Custos oder sonst irgendwo. Sprich doch einfach mit ihm, so als wäre er schon bei dir."

Pedro lächelt bei diesem Gedanken. „Ich weiß zwar noch nicht, was ich dem kleinen Pedro sagen könnte, aber die Idee gefällt mir trotzdem."

Lulu denkt nach: „Du könntest dich ja zum Beispiel bei ihm bedanken, wenn dir ein Bild oder eine Plastik gelungen ist. Oder du sagst ihm einfach nur, wie froh du bist, dass es ihn gibt." Dann hat Lulu noch eine Idee: „Oder du lässt dir mal von ihm erzählen, wie traurig er war, als er im Kindergarten ausgelacht wurde und wie bitter es für ihn war, zu merken, dass er niemals wirklich wertgeschätzt und zum Schluss sogar ganz verbannt wurde."

Pedro nickt nachdenklich. Dann wiederholt er noch mal leise: „Wertgeschätzt", um seufzend fortzufahren: „Mein mieses Selbstwertgefühl, das könnte genau die

Schwachstelle sein, an der Ego Puppenspieler bei mir angedockt hat."

Erschöpft erhebt Pedro sich von seinem Stuhl.

„Puh, Lulu, das muss ich jetzt erstmal sacken lassen. Jedenfalls gibt mir alles, worüber wir gesprochen haben, sehr zu denken. Irgendwie gefällt es mir auch." Pedro hält kurz inne und fährt dann mit leiser Stimme fort: „Es ist, als würde meine Seele schon mal zustimmen."

Dann zwinkert er Lulu mit einem selbstironischen Lächeln zu: „Jetzt rede ich schon bald so daher wie du. Da muss ich mich wirklich erst dran gewöhnen!"

Lulu lacht und schaut Pedro nach, als dieser sich auf sein Lieblingsplätzchen im Garten zurückzieht.

In Lulu breitet sich eine wohlige Müdigkeit aus. Entspannt lehnt sie sich in ihrem Gartenstuhl zurück und schließt die Augen. Da sieht sie plötzlich Custos vor sich. Er lächelt Lulu zu und wieder betrachtet Lulu fasziniert, wie sich die unzähligen Lachfältchen über sein Gesicht ausbreiten.

Custos hält ein kleines Kind mit leuchtend blauen Augen im Arm. Das von wilden schwarzen Locken eingerahmte Gesichtchen kommt ihr bekannt vor. Dann zwinkert ihr Custos liebevoll zu, als würde er sagen: „Der kleine Pedro ist schon startbereit."

Traum oder Wirklichkeit?

Lulu ist es egal. Gedanklich ist sie bereits auf dem Weg in den Park, um ihre Mission zu vollenden.

Danksagung

Zunächst möchte ich meiner Freundin Claudia Gutmann dafür danken, dass sie das Buch vom ersten Kapitel an mit viel Geduld begleitet, mich bei Zweifeln stets ermuntert hat und häufig mehr an mich glaubt als ich selbst.
Ein großer Dank auch an meine Schwester Christine Diepolder, die nicht müde wurde, jede Überarbeitung zu lesen und mit wertvollen Tipps zu versehen.
Danken möchte ich auch Rainer Ohnesorge für seine ehrliche, konstruktive Kritik, durch die das Buch eine wichtige Wende nahm und Renata Rust für ihre engagierte Überarbeitung.
Ein herzliches Dankeschön an Wolfgang Weinschenk für die spontane Idee, „Lulus Mission" in einem Gemälde einzufangen und ein großer Dank an meine Freundin Martina Sauer für die kreative Einbindung dieses Gemäldes in das Cover sowie für ihre einfühlsamen Korrekturen im Manuskript, Seite für Seite.
Mein Dank geht darüber hinaus an alle, die durch ihre Ermunterungen und Rückmeldungen auf ihre je besondere Weise zu diesem Buch beigetragen haben.
Abschließend möchte ich meinem Lebenspartner Wolfgang Dietrich danken, der mich stets darin unterstützt, meinen eigenen Weg zu gehen und damit auf seine ganz eigene Art das Buch mit aus der Taufe gehoben hat.
Und schlussendlich gilt mein Dank der Quelle dieses Buches, dem Leben selbst.

34015568R00082

Printed in Poland
by Amazon Fulfillment
Poland Sp. z o.o., Wrocław